だいわ文庫

50歳からの聡明な生き方

しなやかに人生を楽しむ37章

桐島洋子

大和書房

はじめに

私は幼い頃から、縫いぐるみとかヒラヒラのレース飾りとかいった可愛いらしいものにソッポを向くカワイクナイ女の子だった。

私の子供たちも母親の好みをしっかり引き継いで育ったのに、大人になった頃から、やたらとカワイイという言葉を使い始めた。それがどうやら褒め言葉らしいので怪訝《けげん》に思ったが、よく聴いてみると本来の「可愛い」とは違って、彼らの「カワイイ」はお洒落だとか、格好いいとか、面白い個性があるとかいう意味合いなのだ。

今やカワイイは大人のファッション用語として海外にまで流通しているらしい。言葉というのは時代によって表情を変えていく生き物なのだ。

英語では最近「クール」という言葉が日本のカワイイ同様にやたらと耳につく。

私はかつてクールな母親だと言われることが多かったが、それは冷酷とまではいかないが、冷淡というか、まあ、よくて冷静というぐらいの意味で、決して褒められているとは感じられないニュアンスで使われる言葉だった。

しかし今どきの「クール」は明らかにポジティブで、日本語の「カワイイ」の範囲を一網打尽にした上、さらに知的だとか、颯爽としているとか、冴えているとか、毅然としているとか、勇敢だとか、以前の「クール」より上昇拡大を遂げて、英語世界では当代一番の褒め言葉になっているように感じられる。

これを日本語に直訳するのは難しいが、私好みに「聡明」と意訳させていただきたい。

四十年ほど前に私が書いた『聡明な女は料理がうまい』がベストセラーになったとき、「賢い女」とか「頭のいい女」とか「利口な女」とか言い間違える人が少なからずいて、「それじゃぁ、全然違うんだってば」とイライラしたものだ。「悪賢い」とか「小利口」とか「頭のいい詐欺師」とか言われる人はいても、「聡明な泥棒」や「聡明な悪者」はいない。「聡明」は頭の中身だけではなく心のありようも含めた評価であり、知情意のバランスが絶妙で、人柄品格も申し分のない人を聡明というのであり、これこそまず最上の褒め言葉だと言っていいだろう。

この本の読者には、賢い女や、利口な女や、頭のいい女よりも、聡明な女になることをめざしてほしい。ガールス・ビ・アンビシャスなのだ。

これが英語の本なら、「ビ・クール」というタイトルにしたいところだが、日本にも聡明という言葉があるのは幸いだった。

そういえば「クール」に続いて最近よく耳につく言葉に「ケミストリー」がある。

例えば男女の仲や、アート・パフォーマンスなどによく使われる言葉で、彼と彼女の気持ちがフッと融合したとか、響きと舞が渾然一体に昇華して新しい美を創造したとか、人と人の間に醸し出されるえもいわれぬ何か、いわば一番科学とは遠いところにある筈のものに、ケミストリー、つまり化学反応という言葉が妙によく似合うのだ。

私がよくパーティーを開くのも、魅力的な人々の集いは、ケミストリーの宝庫だからである。そして、旅でも読書でも料理でも仕事でも勉強でも、その他何でも、しばしばケミストリーが起こる。そもそも私たち一人ひとりの人生はケミストリーで始まったのだから、いつまでもケミストリーを楽しみたいものではないか。

この本にもあちこちにケミストリーがちりばめてある。だいたいエッセイというのは、ケミストリーが起こらなければまとまらないものなのだ。

そうだ、こんなタイトルはどうだろう。まあ、売れないだろうけど。

『「クールな女たちへ」桐島洋子のケミストリー読本』

桐島洋子

50歳からの聡明な生き方◎目次

第1章　人生の窓を開ける

第2章　上質に暮らす

第3章　華麗にプロエイジング

第4章　自分を愛《いとお》しむ健康法

25 魔女たちの健康術——147
＊時々ふらりとやってくる「風魔女様」のご機嫌を損ねてしまった
＊養生は人間丸ごと、周りの大自然もろとも大切にする

26 私は歩く、ひたすらに歩く——152
＊ウォーキングの運動効果は、脳の老化を防ぎ、更年期障害も抑制する
＊車よりも足をたのむことで自分が変わる、世界も変わる

27 ダイエット・ブームとの賢いつきあいかた——158
＊脂肪を減らすより、筋肉をつけることが先決
＊シェイプアップの目安は、好きな男の前を裸で横切れるかどうか

28 食の安全は自分で守る——163
＊デパ地下を歩くと感じる「ワクワク」と「イライラ」
＊野蛮でけっこう。五感こそ、人間生存の基本ソフトなのだ

29 呼吸をおろそかにしていませんか——168
＊人生は産声の「呼」に始まり、臨終の「吸」で終わる
＊心と身体を繋ぐのが呼吸。深くゆったりした呼吸を心がけよう

第5章　年齢を重ねてわかること

30　ミャンマーに学校を作った娘——176
＊子育て奮戦期を過ごし、自分の時間が戻ってきたときに何をするか
＊感動的な読経で始まった開校式には、子供たちの弾けるような笑顔！

31　幸せのお裾分けは人生の仁義——181
＊心抉られる子供たちの絶望的な眼差し
＊肩肘張って頑張るのではなく、マイペースで愉しみながらのボランティア

32　ファースト・レディーの魅力——187
＊記憶に残るファースト・レディー、残らないファースト・レディー、その違いは？
＊キャリア・ウーマンにしてスーパー主婦のミシェル・オバマ、史上最強のファースト・レディー、ヒラリー・クリントン

33　オトナの女とワインの官能的な関係——193
＊安いワインを馬鹿にしてはいけない。いい男に出会うより、いいワインに出会う確率は高い

第1章

人生の窓を開ける

1 人生は、窓が沢山あるほど面白い

さまざまな窓を
猫のようにしなやかに跳梁《ちょうりょう》しよう

世界も人生も、大小さまざまな窓が入れ子構造に折り重なっているように感じられる。そのままでは取り留めがつかない永遠の時間も無限の空間も、窓枠によって切り取られてこそ私のものになるのだ。

カメラのシャッターを押すように、私は一瞬一瞬を自分が選んだフレームの中で生きている。枠に嵌《は》められるという言葉は不自由を意味するのだが、枠を持たなければ個の自由は獲得できないと私は思う。だから人一倍自由を求める私は、猫のようにしなやかに跳梁して、無数の窓を出入りしていたい。

そんな私の感覚が器械化されたようで驚いたのがパソコンの出現だった。しかもそれが「ウィンドウズ」だなんて！

しかし私はパソコンにのめりこまなかった。羽毛のようにひらりひらりと窓が開いていく便利さに身を任せていると、霊界を浮遊しているみたいで、人生を踏みしめる足がなくなったような気がする。

実際、アッチに行ってしまった人間がどんどん増えている。電車の中でもじっと携帯を凝視して指を動かしている若者たちは、窓に魂を吸い込まれたままインターネットの洞窟に繋がれた囚人の群れのように気味が悪い。

テレビという窓もかなり依存性がある。幸か不幸か日本のテレビはばかばかしくて見る気がしないが、アメリカのテレビには結構ハマる。なんだかんだ悪口は言ってもアメリカという国は見くびれない。戦後最低大統領のブッシュにぐしゃぐしゃにされたと思ったら、ちゃんとオバマのような逸材が現れて多様性国家の逞《たくま》しい復元力を見せ付けてくれた。

テレビの知力体力も物凄く、ＣＮＮ、ＦＯＸ、スーパー！ドラマＴＶ、ディスカバリー、ヒストリー、ナショナル・ジオグラフィックの六チャンネルぐらいあれば一日中退屈しない。ただし私は家事でも原稿書きでもテレビを見ながらできる複眼人間なので、一つの窓に囚われはしないのだ。

ともかく人生は窓が沢山あるほど面白いし想像力も豊かになる。仕事の窓、学問の窓、趣味の窓、家族の窓、友達の窓……それぞれの窓がさらに細分化されてしゅるしゅると開いていく。「しゅるしゅる」というのはエチオピア語で散策とか遊弋《ゆうよく》(＊)とかいうような意味だが、まさにそのような感じで自由自在に気持ちよく世界を楽しみながら人生を過ごしたい。つまり私にとって人生の記号は窓だから、現実として存在する窓へのこだわりも強いのである。

すきま風が吹こうが、ギシギシうめこうが、

呼吸する木枠の窓が好き

物心ついた頃に滞在していた上海のホテルのスイートでは、窓の中にすべてがあった。見上げれば太陽が輝き月が冴え、見下ろせば中国の民衆が犇《ひし》めき、その先に流れる河には軍艦から物売りの小舟までが雑然と行き交い、向こう岸

＊船があちこち航行すること。

には英米の豪奢な洋館が傲然《ごうぜん》と建ち並んでいた。そして太平洋戦争勃発の砲撃まで、その窓から目撃したのである。この窓が私の原体験というべきものだろう。

戦後の斜陽時代を過ごした葉山の家には真正面に海と富士山を臨む窓があった。売り食いの最後にこの家も手放し、東京に小さな家を買って引き移ったが、窓を開けてギョッとした。すぐ前の道を見知らぬ人々が行き交っているのだ。それまで広い庭の奥深く暮らしていた私は、いわゆる「深窓の令嬢」だったのだということを悟った瞬間だった。

この時期、私は窓には背を向けて、マチスやゴーギャンが描いた女性像を眺めていた。父が蒐集《しゅうしゅう》した美術品も売り払われたが、私の部屋にあった数点のリトグラフだけはお目こぼしになったのだ。額縁や画集の窓から美術の世界に遊弋するのが私の一番幸せな時間だった。

その後も家を転々とする度に窓の景色も生活も変わっていった。初めての海外旅行で乗ったフランス客船の窓はノエルの誕生の記憶に彩られているが、ベトナム戦争の従軍記者として搭乗した爆撃機の窓は血なまぐさい死の記憶にまみれている。

一家離散して、乗り放題九九ドルのバスでアメリカを放浪したとき、車窓に限りなく伸びていく灰色の道の先には何のあてもなく、私は壮絶な孤独に凍り付いていた。

それでもなんとかサバイバルして無事に子育てを終えたとき、それまでの懐かしい窓々のいいとこ取りをしたような絶景の窓がある家を、バンクーバーで手に入れて林住庵《りんじゅうあん》と名付けた。魅力的な家が建ち並ぶ道を散歩していると、外から見る窓の表情にも心惹かれる。鎧戸《よろいど》やカーテンに凝ったり、窓辺に花や飾り物を置いたり、明らかに通行人の視線を意識した窓が多く、なるほどこういうお洒落も住生活のたしなみの一つなのだと感心する。

そんな中にも、冷たく拒絶的なアルミサッシの窓がたまにあり、その醜悪さが際立って見える。結局デジタルよりアナログの手応えが好きな私は、すきま風が吹こうと、ギシギシいおうと、昔ながらに自然を呼吸する木枠の窓を自分の手で開け閉めする暮らしをしたいと改めて思うのだ。

2 フランスで感じた女と政治の成熟した関係

議論を忘れない頭は
風通しがよく、ひからびない

パリ滞在中にユネスコ婦人年の催しがあり、私も日本のキャリア・ウーマンの一人として講演したら、さいわい予想外の反響で、終演後も大勢の女性たちにわっと取り囲まれ熱心に話しかけられた。さすが議論好きで鳴らすフランス人で、ただの挨拶や賛辞では終わらず、もっと突っ込んだ話をしたがるから大変だ。

懸命に応対しているうちに、アドレナリンがどくどく分泌して頭の歯車がびゅんびゅん廻り始めたような昂揚《こうよう》感が全身全霊にみなぎる。

ああ、なんと懐かしい感覚だろう。若い頃は私も仲間たちも議論が大好きで、芸術でも哲学でも政治でも天下国家でも悪びれずに正視して大真面目に論じ尽くした。しかし少年老い易しで、あの硬くて青いリンゴたちは今いずこだが、フランスにはまだこんなにゴロゴロしているではないか。

いや、もう青いとはいえない熟女たちだが、しっかりした歯ごたえは健在である。味わいは深まり、日本の同年代に多いフガフガの腐れリンゴとは大違いである。脳ミソも糠《ぬか》ミソと同じで、始終かきまわしていなければ腐るのだ。

議論を忘れない女の頭は風通しがいいから、いつまでも腐らずひからびず、芳醇に熟成していく。そんな熟女たちに囲まれて、やはりフランスはオトナの国だなあと改めて感じ入ってしまった。

それにひきかえ日本人の精神年齢は急降下を続け、今やほとんどガキの国である。日本全体が遊園地化してお子様のご機嫌をとり、大学はおろか国会にまでチルドレンを送り込む有り様だから、本来オトナに求められた常識や教養やマナーは無用の長物になり、ケイタイという魔法のオモチャだけを握り締めた平成チルドレンのカタコト・コミュニケーションに、知的な議論など成り立つはずもない。

だからパリで久しぶりに巻き込まれたオトナの議論が森林浴のように気持ちよくてたまらない。

たまたま大統領選の時期だったから話題は当然政治に向かう。みんな支持政党がはっきりしていて、その思想や政策や力量について侃々諤々《かんかんがくがく》の論議を繰り広げるが、一番の関心事かと思った初の女性大統領候補については、「ロワイヤルがマダムだろうがムッシューだろうが関係ないわ」でお終いだ。

日本にも女性の政治家は増えているが、いまだに女というレッテルをべったりと貼られたままだし、むしろそれが売り物の水っぽいオジサン・キラーがちゃらちゃら身をくねらせて政界を遊泳している。政界に限らず日本のエラいオジサンたちってどうしてこう女を見る眼がないんだろうと、大方の女はイライラ眉をひそめているのだ。

嫌な女を嫁さんにしても苦労するのは本人だからいいけれど、公の人事の失敗は全国民の迷惑だし、それが女だと「やっぱり女は」と言われて女が皆迷惑する。重要なポストに女性を登用すれば女が喜ぶと思ったら大間違いで、女でも男でもいいから、ともかく最適の人材を選んでほしいのですよ。

しかし、日本は何はともあれ議会制民主主義の国なのだから、政治家を選ぶのは私たち有権者である。何事にも権利ばかり主張するくせに肝心の参政権には無関心で、草野球のタダ券ほどにも惜しげなくあっさりと選挙を棄権する人の多いこと。政治に文句を言いたかったら少なくともきちんと投票してくださいな。

心に甦るボーボワールの呼びかけ
「参加しよう、発言しよう」

たしかに日本の政治に情熱を向けるのは難しい。アメリカの大統領選ならよそ事ながら面白くてCNNにかじりつくのに、日本ではモニカ・ルインスキーが追っかけをしたような魅力的な政治家なんて一人もいないし、マニフェストなどと気取ってみても、政治言語の貧困は眼を覆うばかりで、選挙にもついつい腰が重くなる。でも、そんなとき、しぶとく心に甦《よみがえ》るのは、青いリンゴ時代に傾倒したボーボワールの「アンガージュマン」、つまり「参加しよう、発言しよう」という呼びかけである。

そういえばパリに行く度にモンパルナス墓地に足が向く。門を入ってすぐ右側にボーボワールとサルトルの墓がある。どんな夫婦よりもお互いを深く理解し合った最高の同志でありながら、ついに結婚はしなかった二人が並んでよこたわる墓を最初に見たときは、ジョン・レノンとオノ・ヨーコが結婚したときの衝撃的な「ラブ・アンド・ピース のベッド・イン」の光景を思い出してしまった。

あれほど颯爽と、でもなにか痛々しく「自由な関係」を固守して、嫉妬や独占欲を封印していたボーボワールが、「もう彼は私だけのものよ」とばかり堂々とサルトルに添い寝しているのがほほえましい。

墓石の上にいつも花が絶えないが、今回は何故か地下鉄の使用済み切符がいっぱい置かれていた。「地下鉄に乗って会いに来ましたよ」というファンの挨拶なのかもしれないが、私にはそれがまるで選挙の投票用紙のように見え、「アンガージュマン」という二人の声が聞こえてくるような気がした。

3

なまめかしい女性は今いずこ

ナマ脚カップルなんかに
我が家の敷居は跨《また》がせない

かつてはわくわくした夏の訪れが、近頃はちっとも嬉しくない。年々募る猛暑が耐え難くなるばかりだし、いよいよ上がる露出度にも辟易《へきえき》しているのだ。暑いから脱ぐというだけなら仕方がないが、意識的な剝《む》き剝《む》きルックに、このヒト何を勘違いしてるんだろうと眉をひそめることが多い。

夏も待たずに、筍より早くニョキニョキ現れるナマ脚というのがまず見苦しい。大地を裸足で踏みしめる逞しい大根足なら嫌いではないのだが、漬けそこないの沢庵みたいに生っ白くヘナッとして足首にも締まりのない貧弱なO脚を剝き出しにして、細いヒールの底が斜めに磨り減った突っかけサンダルを履き、今にもクシャッとひしゃげそうに危うい歩き方で前を往く女性を見るたびに不安に襲われる。

目を背《そむ》けたってカッカッと響く不快な足音が脳天を直撃するし、よろよろしてノロマだから邪魔臭くて突き飛ばしたくなる。とくに暑いときはみんな気が立ってるんだから、せめて雑踏では遠慮してほしいなあ。ラッシュの駅の階段でコケたりしたら、将棋倒しで人が死ぬことだってあるかもしれないんだし。

そういうナマ脚サンダル女がナマ足で革靴履いてる男と連れ立って赤坂を歩いているのを見てギョッとしたけれど、これは某二枚目俳優が流行らせたファッションなんですって？

潮風爽やかなリゾートで麻のカジュアル・ウェアを着こなした男が、小麦色に灼けた素足に薄手の革のデッキ・シューズを履くのなら、それは格好いいですよ。でも都会の雑踏で汗にまみれた水虫足をそのまま突っ込んだ革靴なんて、ああおぞましい。こんなナマ脚カップルに、ウチの敷居は絶対跨がせたくないものだ。

昔ならシミチョロと蔑《さげす》まれたはみ出し下着がファッションとして認知され、見せブラだの見せパンだのとエスカレートして、ローウエストのズボンからはみ出したパンティーからは、さらにお尻の割れ目が覗き、前方には当然お臍《へそ》も開陳されるのが今や見慣れた風景になってしまった。

美しくない身体を露出しても喜ぶのはモテない飢えた男だけ

開陳すべき知識も教養もなさそうな女の子たちほど、流行には素早く追従し、意気揚々と露出に励んでいるようで、まあ勝手にしなよと苦笑するしかないのだが、正直なところ、別に見たくもないものを見せびらかされるのは迷惑だ。若い女性ほど、肉体に自意識過剰で、見せてやれば誰でも喜ぶだろうと自惚れているらしいが、それがどんな粗末な代物でも喜ぶのはよほどモテない飢えた男だけである。つまり美しくもない身体を露出したところでまともな男の心を惹くことはできないばかりか、欲求不満男の一触即発の性欲に点火してしまうかもしれないのだから、自他ともに何のトクにもならない。

たしか福田首相（当時）が性犯罪には女性の過剰露出の責任もあるというような発言をして不評を買ったが、この説に限り私も賛成だ。

露出したければ、その前にもっと身体を磨き上げ、知性のほうも多少は磨いてほしいものである。しっかり磨きがかかった頃には露出欲《よく》が減退し、「秘すれば花」という世阿弥の言葉も理解できるようになり、やがては本当に「なまめかしい」女に成長できるかもしれない。

なまめかしいという言葉は、うっかりすると「エロい」なんていう今どき語と同じように使われてしまうが、実は奥ゆかしいの同義語で、抑制された気品ある美しさを讃えるときに使われる形容詞なのだ。あの兼好法師は、人間としてこうありたいと願うことはいくらでもあるが、中でも最も願わしいことは、なまめかしくあることだと『徒然草』の中で書いている。

露出過剰は肉体だけではない。インターネットでは夥《おびただ》しい「私事」「私見」が垂れ流され、人々はあられもなく前をはだけてプライバシーの開陳に熱中している。日本には私小説の伝統があるし、「私ごと」ばかり語るエッセイも多いが、その私ごとに普遍的関心事たりうるだけの意味があるかどうかを峻別《しゅんべつ》できなければ物書きの資格はないとされてきた。ネットではそんな基準も審査もない書きたい放題で、なんでも書いたはしから世界を駆け巡る。

この素晴らしくも恐ろしい自由を享受するほど私たちは成熟しているのだろうか。そうは思えない。無責任な噂話や悪辣《あくらつ》な中傷もすべて一緒くたの闇鍋に無防備に身を投げる人々は、裸になりたがる女の子同様に危なっかしい。

いつだったか、電車の中で職場の同僚の品定めをしていた男の二人連れが「あんなに暑苦しい女はいないね」「ああ、近寄るだけでアセモがでる」と言うのを聞いてゾッとして、暑苦しい女とだけは呼ばれたくないものだと思ったものだが、今や街にもネットにも露出過剰の暑苦しい男女が溢れかえり、なまめかしい日本はいよいよ遠くなる。

4

大震災の跫音《あしおと》が聴こえる

自分が拠って立つ大地が
突然凶暴な魔物になる

お蔵で隠れん坊をしていた十歳の私が「震幅四寸《しんぷくよんすん》」という題の古びた絵日記を見つけたのは六十年前だが、さらにその二十五年前に、まだ十代の少年だった父が関東大震災の体験をリアルタイムでいきいきと記録したのがその絵日記である。

地震が起きたときにいた葉山の別荘のあたりは御用邸に選ばれただけのことはある頑丈な地盤で、さすがに被害が少なかったが、自転車で東京へ帰る道中の光景はどんどん悲惨さを増し、横浜は焼け野原、東京は川まで死体でいっぱいという地獄図になる。面白いといっては不謹慎だが、やはりすこぶる面白いドキュメンタリーで、あれから幾度読み返したことだろう。

また、父の日記を一瞥《いちべつ》した母からは「彼は安泰だった山の手の豪邸のお坊ちゃんで所詮傍観者よ。うちは下町だから完全に家は潰れ、避難所に逃げた人も全部黒焦げ、街路樹も市電も、そして頼みの川まで燃えてるのよ」と、さらになまなましい話をさんざん聞かされた。お陰で私もそこに居合わせたような気がするほど、関東大震災の惨状を熟知してしまったのである。

だから私は地震が怖い。怖いもの知らずと言われる私だが、自分が拠って立つ大地そのものが突然凶暴な魔物になるという状況の不気味さには私の覚悟を超えるものがある。

地震が起きるのは防ぎようがないし、そのとき何処で何をしているかもわからないのだから、まあ半ば運命だとは思うが、ともかくサバイバルに全力を尽くすのが、せっかく生まれ育ってきた人間の務めというものだろう。ましてや自分がこの世に送り出した子供や孫の生命を守る責任は重いのだ。

私も孫七人の祖母として、地震や戦争の恐ろしさを知らせる語り部にならなければと思い、まずは父の絵日記を見せながら地震のレクチャーを始めた。しかし最新の利器にこれでもかこれでもかと甘やかされた今どきの若者は、テレビも携帯も車も機能しないような状況になかなか想像力が及ばない。情報化時代の落とし穴は意外に多いのである。

地震のような自然災害の危機管理には、前デジタル世代のアナログ感覚のほうが役に立ちそうだ。結局のところ、孫に伝えるべきことは、私が子供の頃から言われてきたことと変わりない。ここでそれを復習しておこう。

まず、運動靴、救急キット、消火器、懐中電灯、携帯ラジオ、電池、頭巾、軍手、名札、呼び笛、水、タオル、多少の保存食糧と現金などをいつも身近に用意しておくのが常識だ。しかし、実際どれだけの人にこの備えがあるだろう。

グラッときたとき、外に出るのか、机の下にもぐるのか、近辺の避難所はどこなのか、家族と離れ離れになったらどう連絡し合うのか、何処で落ち合うのか、病人や子供の保護をどうするのかといったことについて話し合い、きちんと意思統一をしてあるだろうか。

こういう備えは役に立てば有り難いし、無駄になればもっと有り難いと思って、定期的にチェックし、いざというときの行動についても家族でときどき語り合いたいものだ。

孤立無援の東京砂漠でサバイバルの自信はあるか

取り敢えず家族と書いたが、まず助け合うのはそこに居合わせた人々で、会社の同僚でも、同じバスの乗客でも、通りすがりの赤の他人でも、みんな運命共同体である。二〇〇八年に起きたミャンマーのサイクロンに現地で遭遇した人と会い、被災者たちがどんなに優しく逞しく助け合い励まし合いながら、あの未曾有《みぞう》の大災害と闘ったかを聞いて感動した。日頃からの相互扶助の精神と習性が、外からのどんな援助よりも素早く強力に機能したのだ。

もしあれが日本だったらどうだろうと思っている折も折、私をドッと落ち込ませるひどい事件があった。

わが一族の長老である八十六歳の叔母は、国連の医師だった夫と共に三十年間にもわたってアフリカの奥地に暮らし、現代文明の便益や情報もほとんど届かない苛酷な環境で貧困や病苦に苦しむ人々の援護に献身した人だ。

その彼女が日比谷線銀座駅の洗面所で、滑って転んだ大女の下敷きとなって激しく床に押し倒され、頭を何針も縫う大怪我をしたのに、その大女はごめんなさいの一言もなく知らん顔で逃げ去り、その場に居合わせ化粧直しに余念のなかった四、五人の女たちも「助けてください、救急車を呼んでください」と仰向けに床に倒れたまま懇願する血まみれの老女に、手をかすどころか冷たく無視してそそくさと出て行ってしまった。

激痛と絶望にうちのめされながらも叔母は必死に這いずって洗面所から脱出し、ようやく地下鉄の職員の助けを得ることができたが、救急車に乗っても病院は軒並み満員で門前払い。アフリカの奥地より荒涼として心細い東京砂漠だったそうである。

地震より人間のほうが怖い世の中になってきたような気がする。

5

不況なんて怖くない

どうして皆いっせいに縮こまってしまうのか？
精神的飢餓こそが人を滅ぼす

不況、危機、暴落、破綻、失業、ホームレス……そんな言葉ばかりがこれでもかこれでもかと耳目に飛び込んでくる毎日だ。大変な状況であることは確かだが、ここまで皆いっせいに縮こまってしまうことはないだろう。

もともと氷河期の出版業界は断末魔の悲鳴を上げ、雑誌の休刊も相次いでいる。本当はこんなときこそ、落ち着いて読書にでも励んでほしい。第二次世界大戦で壮絶な大空爆に襲われた直後のロンドンで、ほとんど焼け落ちた図書館に辛うじて残る書架を前に、数人の英国紳士が泰然自若として読書に耽っている光景のクールなモノクロ写真がある。これを私は書斎の壁に貼って物書きの励みにしてきたが、こんな時世には写真の紳士たちの気骨がことさらに心に響く。

幼時に住んでいた戦時中の上海には、ナチスの迫害を逃れて来た亡命者が犇《ひし》めいていたが、極貧の中で彼らは決して文化を諦めず、ギリギリの食費を割いても音楽会に出かけずにはいられない人たちだった。空腹よりも精神的飢餓こそが人間を滅ぼすと彼らは信じていたのだ。

それにひきかえ近頃は、不景気になると真っ先に文化を諦める弱虫が多くて情けない。もっと不甲斐ないのはそれほど困っているわけでもないのに、「何分、このご時世でして」と、不況に便乗してパッと財布の紐を締め、文化的行事や施設などへの寄付や後援を断るケチな企業や金持ちたちである。

一方、年末年始に日比谷公園のテント村で盛り上がったホームレスの支援活動には、善意溢れるボランティアが全国から駆けつけたが、こういう情熱はたいてい一過性のはかないシャボン玉なのだ。

まあイイコトには違いないし、シャボン玉のきらめきは多くの人に感動をもたらしたようだが、その感動と自己満足を土産に家路につく支援者や、暖かい茶の間のテレビ越しに「ああ、よかったね」と安心してしまう視聴者や、そのテレビに映ろうと用もないのにテント村をうろついた永田町のセンセイがたと違って、ホームレスはシャボン玉が消えたあと、ますます募る寒風の中に取り残されるだけである。

テレビのトーク番組で、失業者やホームレスが話題になると、私に期待されるのは彼らへの優しい同情のコメントらしい。しかし私は天邪鬼《あまのじゃく》だから、リストラぐらいで大の男の泣き言なんかウダウダ聞かされると、甘えるんじゃないよとイラついて、

「そんなに可哀相かしら。病気の人から見たら健康だというだけで羨ましいだろうし、途上国の出稼ぎ労働者から見たら、日本の国籍があるだけでも羨ましい特権階級ですよ。どんな汚れ仕事も厭《いと》わないという覚悟があれば、なにかしら働き口はあるでしょう」

などと口走ってしまうのだ。

それで冷たいとか弱者の痛みがわからないとかいった批判を受けるのだが、

自慢じゃないけど私だって、かつては家も仕事もなく子供三人抱えたシングルマザーでしたよ。「自己責任」が合い言葉のアメリカを放浪していたので、センチメンタルな同情に甘やかされることもなく、懸命に力を振り絞って、なんとかサバイバルできたのだ。

どんなに厳しい貧乏神だって人生のすべてを奪いはしない

勿論、まだ若く、極めて健康だったということもあるし、少女時代に家や母国の没落を経験したお陰で貧乏に免疫があったことも幸いだった。若いうちの苦労はむしろ人生の資産なのだから、未来ある若者が不況の泥沼で四苦八苦していようと、私はあまり同情しないのだ。

しかし老人や病人の困窮には、きりきりと心が痛む。国民全員に等しく小遣いをばらまくという天下の愚策を敢行するだけの膨大な予算があるのなら、それで本当に困っている人を重点的に援護してほしい。

あざとく強欲なマネーゲームの崩壊は悪いことではないし、これでしばらく貧乏するのは、慾に躍らされた心の貧しさを反省するいい機会だと思う。自分だけ貧乏ではつらいが、日本中、世界中みんな仲良く貧乏の輪というのなら悪くない。

敗戦で極限までそぎとられた耐乏生活には一種の爽快感もあったし、あの頃の日本人は今より一生懸命で凛々しく逞しく、そしてエコロジカルに生きていた。今思うと良い育ち方をしたものだと、あの時代に居合わせたことに感謝したくなる。

かなり厳しい貧乏神だって、人生のすべてを奪いはしない。アメリカ放浪時代の私にしても、金銭的窮乏は極まりながら、お金では買えない子供という宝物に恵まれていたし、所有さえ望まなければ、芸術や自然に不自由はしなかった。

いくら貧乏でも捻出できる程度の入場料で美術館に入れば、世界的な名画がズラリと並んでいて、王侯貴族にも負けない贅沢をひねもすほしいままにできる。コンサート・ホールはいささか敷居が高かったが、街角や公園で演奏する楽士のレベルがなかなかのもので、その音楽にも随分と癒された。そして美しい海や森が、いつでも優しく抱擁してくれた。

だから私は不況なんて怖くない。

6 女神の誇りをもって母になろう

出産は究極の自然の摂理だから、理屈や計算とは馴染まない

七人目の孫が誕生した。夫もなしに子供三人、孫七人なのだから、この繁殖率はすごいぞと、われながら感心してしまう。

まだ若い母親だった頃、作家の深沢七郎さんと対談して「満員札止めの世の中にガキ一匹でも産み落としたら前科一犯だ。あんたなんて前科三犯じゃないか。怪《け》しからんなあ。お尻ビンビン鞭《むち》打ちと子宮抜き取りの刑だ」と叱られた。

それが今や日本中、掌《てのひら》を返して少子化を憂い、産めよ増やせよと囃《はや》し立てている。私も肩身が広くなったわけだが、この風潮、どうも胡散《うさん》臭くて素直には

なれない。要するに若い働き蜂が足りなくなる、老人の養い手がいなくなると焦っているだけで、働き蜂の福利厚生や行く末については、何の保証もないお気楽な話なのである。ロボットの増産じゃあるまいし、私たち女が人生賭けて新しい生命を生み育てるんだよ。どんなに大変なことか、わかってるのかな、オジサンたち。

そもそも少子化というのは日本など一部先進国だけの問題で、地球規模では相変わらず、というよりいよいよ人口過剰で、二十世紀の百年間に十六億から六十億まで急増した人口が、二〇五〇年には九十億に達すると予測されている。今でさえ資源の枯渇や自然環境の汚染に悲鳴を上げている地球が、これ以上の負荷に耐えられるものだろうか。ああ、破滅の予感！　怖いよう。

まあ、賢明な人類が何かしらサバイバルの手立てを見つけるだろうと超楽観的に期待するとしても、資源小国の日本がかなりつらい目にあうことは避けられそうもない。

「苦労するのもいいじゃない。甘やかされてふやけた日本人がシャキッとする絶好のチャンスよ」という勇ましい武者震い派もいて、実は私もその一味なのだが、これから子供を産む世代にもそれだけの覚悟があるのだろうか。あるならば、それは結構、大歓迎、おおいに頑張って、しっかり子供を産んでください。私も老骨に鞭打って、子守りでもなんでもしようじゃないですか。

しかし、女は必ず子供を産むべきだとは思わない。母にならなくても充実した人生を生きた女性はいくらでもいる。私だって子供がいなければもっといい仕事ができたかもしれないし、いい男と一緒になれたかもしれない。その人生もよかっただろうなと思うが、悔いはない。

産もうか産むまいか、迷うぐらいならおやめなさい

あのとき私は、ともかく何が何でも産みたいという嵐のような情熱に迷いなく身を任せた。優雅なシティ・ガールの殻は砕け散り、私は見事な野蛮人だった。そう、出産は究極の自然の摂理なのだから、社会的な理性や計算は馴染まない。それは凄絶かつ甘美な冒険だった。損得など考えなかったからこそ、あ

んな素晴らしい冒険ができたのだし、その試練によってこそ、私のような怠け者でも一人前の大人の女に成長できたのだ。

子供を産もうか産むまいかと迷っている女性には、迷うぐらいならやめなさいよと言いたい。仕事に差し支えても、自慢の体形が崩れても、パーティーや旅行を諦めてもいい、子供の阿鼻叫喚《あびきょうかん》も果てしない家事や心配事もドンと来いと、はっきり腹が決まってから子供をつくってほしい。

子供は利益を求めて産むものではない。子供を武器に結婚を迫るとかいった卑しい動機は論外だが、負け組と言われたくないとか、老後の面倒をみてもらおうとか、自分の見栄や都合で子供を欲しがるのも子供に失礼だ。

子供はブランド・グッズやペットとは次元が違う。ひとり生まれればひとつの人生が始まり、よくも悪くも歴史をつくるのだ。神事といってもいいほど出産は畏《おそ》れ多い任務なのだから、女神の誇りをもって母になろう。

しかし、いくら産みたくても不妊の壁に阻まれる人がいる。かつては、「子は神様からの授かりもの」で、授かれば有り難く頂き、授からなければいさぎよく諦めた。ところが幸か不幸か医学の進歩でさまざまな可能性が拓《ひら》けるにつれて、諦めることが難しくなってきた。

どんなにつらい不妊治療だろうと、私も場合によっては抗い難く試みたかもしれないが、代理母までいくと抵抗があるし、見も知らぬ人間の精子による人工受精もしたくない。それよりはマドンナのように、難民孤児でも養子にして育てることを選ぶ。

しかし、それは私個人の感覚であり、現実として既に人工的にスタートしている多くの人生を否定するわけにはいかない。それが可能になったのも、やはり神様のおはからいだと認めるしかないのだろう。どうせ人類はパンドラの箱を開けてしまったのだから。

7 冴えた美意識を貴女の懐剣に

本物を見抜く目を磨き、
人生のお守りにすべし

最近これでもかこれでもかと話題になった、ヤラセ、捏造《ねつぞう》、サクラ、偽装、粉飾などは、別に今に始まったわけではなく、これまで幾度となく繰り返されたことばかりなのに、人々は性懲《しょうこ》りもなくひっかかっては、その度に怒りを新たにする。学習能力がないというか、お人がいいというか、まあノドカな国民性なんですね。

幸か不幸か、その指導層も比較的ノドカで、ありもしない大量破壊兵器にイチャモンつけて戦争に突入しちゃう大統領ほどあからさまに粗暴ではないけれど、実はけっこう危ない鷹たちが爪を研ぎながら羽ばたく機会を窺《うかが》っている気配だから油断大敵だ。なにしろマスコミに弱く、数と力に靡《なび》きやすい日本人は、ドッと大雪崩《なだ》れを起こしやすいので、いつの日かヒットラーのような扇動の天才が現れたら、あっという間に一億火の玉、撃ちてし止《や》まんになりそうで怖い。

タウンミーティングなんて名前まで英語のままアメリカの猿真似をした気恥ずかしい市民集会は、サクラを送り込んだのがバレるくらい間抜けな代物だったから笑うだけで済んだが、ヒットラーならこんなヘマはしないで巧みに集会を熱狂に導き、世論操作に成功しただろう。

残念ながら日本の市民意識の成熟を信じられない私は、裁判員制度とやらで、その辺のオジサンやオバサンに裁かれるなんてオッカナイ、やはりプロの裁判官のほうがマシよと思ってしまうが、その裁判員制度のフォーラムでもサクラを雇ったことが発覚。知らぬが仏のお偉い裁判官が、満席の盛況は関心の高さの証明だと得意げに笑う映像を見て、あらら、プロだって全然アテにならないじゃないのとがっかりした。

お人好しもいいけれど、もう少し眼光紙背《がんこうしはい》に徹する鑑定力でことの真贋を見極めてくださいな。私はアンティーク・コレクターだが、この世界も贋物《にせもの》の巣窟《そうくつ》だ。贋物を掴まされないためには勉強や運や人間関係も大切だが何よりも頼みになるのは自分自身の美意識で、それが研ぎ澄まされると、嫌な感じ、ウソっぽさ、胡散臭さ、邪気といったものが、どんなに微《かす》かでも蜘蛛の糸のように心に絡みつくのを鋭敏に感じとれるようになる。

美しい本物が最高の教師、贋物もリッパな反面教師

そもそも美意識とは嫌悪感の堆積《たいせき》なのだ。これは人間をはじめあらゆる事象ののぞき眼鏡に使えるクールな結晶体だから、人生のお守りとしてお勧めのパワーストーンだが、勿論そう簡単にゲットできるものではなく、自分の意識をシコシコ磨き上げていくしかない。いうまでもなく、美しい本物が最高の教師だが、贋物もリッパな反面教師だから、メディアに犇《ひし》めくヤラセや捏造を、無駄には見過ごさず美意識の堆肥《たいひ》にしよう。

取り敢えずは毎日テレビや新聞を見るときに、なるべく意地悪く眉にたっぷりツバをつけることである。

だいたい世の中にそんなウマイ話があるものじゃないというのが第一原則だ。納豆ダイエットのデータ捏造がばれた「あるある大事典」が袋叩きにされたが、まるで鬼の首をとったようなマスコミの大騒ぎは目くそ鼻くそを嗤《わら》うもいいところで、この手の健康情報番組はすべて大袈裟《おおげさ》で無責任なアジテーションだと言ってもいいだろう。まあ、それは視聴者の欲求を反映する鏡なのだから、自らの内なる粉飾願望もゾワッと見えてくるかもしれない。

待っていたようにスンナリことが運ぶ現実はないという原則もある。テレビのレポーターお得意の「突撃取材」だって、前もって打ち合わせがあり、驚きながら迎え入れるフリのリハーサルも常識だ。旅番組に出演したときは、初めての景色にワア綺麗と感嘆する場面も、行きずりに偶然出会った村人や坊さんにハジメマシテと挨拶する場面も、幾度となく撮り直しで、壊れた蓄音機になったような気分だったが、そういう場面に登場するシロウトさんたちの演技力には感服し、社会の劇場化は半端じゃないぞと実感したものだ。

まあ、自然体を自然に撮って絵になるというのは稀《まれ》なる幸運に属し、ドキュメンタリーというのは構造的にヤラセが必要なのだと理解して見れば、涙ぐましいというか、ほほえましいというか、それなりに楽しめるけれど、あんまり偉そうにこれが真実だと叫ばれるとシラケます。

ときどきウソが摘発されて正義の嵐が吹き荒れるのもいいけれど、犯人として打ち首になるのは、苛斂誅求《かれんちゅうきゅう》(*)に耐えかねてつい年貢をごまかした、貧しい農民みたいな下請け孫請けばかりで、悪代官にはなかなか咎《とが》が及ばない。ましてやその上に君臨するスポンサーの権力はびくとも揺るがず、ウソ番組がコケてもウソCMはいよいよ元気で、あまりにもウマ過ぎる話が怒濤《どとう》のようにテレビを覆う日々である。

*税金などを厳しくとりたてること。

8 女の弱さほど、醜くて危険な武器はない

フェミニズムの本場では、
あまりに危なっかしい日本の企業戦士

日本女性もついにここまできたかと驚いたのは、ニューヨークで超一流企業の日本人社長を秘書がセクハラで訴え、なんと二百十五億円の損害賠償を請求したという事件である。

しかし事情通から聞いたところでは、この秘書は名前こそ日本人だがアメリカ育ちで実質的にはパリパリのアメリカ人。社長はヒヒ爺どころか堅物で通っている真面目人間で、状況からいっても性関係などありえないそうだが、結局かなりの和解金（金額は非公開）を支払うことになったのだから、極端な訴訟

社会でいつも禿鷹《はげたか》のように大儲けのタネを狙っている凄腕弁護士に何かしらつけこまれる隙《すき》があったのだろう。

辛抱強い日本女性に甘やかされてきた企業戦士なんて、フェミニズムの本場アメリカでは鎧《よろい》もつけずに戦場にいるくらい危なっかしい。たとえ本人にその気がなくても、ちょっとした文化の違いで誤解されるだけでもアウトなのだ。ケチなアメリカ人は性的願望もなしにタダ飯を食わせる趣味はないから、日本人が多少強引にディナーに誘うぐらいでもセクハラだと思われたりする。

またあちらでハグ（抱擁）は常識で、初対面でも実に軽やかにスッとハグするが、その習慣のない日本人が緊張してドタドタ不器用にハグを試みたりすると「抱きつかれた」と訴えられるかもしれない。

このごろは日本でもしきりとセクハラが問題化し、東京都の労働相談に寄せられるセクハラ数も年々上昇しているが、相談者の数が増えたからといって、セクハラ自体が増えているとは限らない。泣き寝入りしない人の増加が抑止力になってセクハラが減るかもしれないし、怯《ひる》まず声を上げるのは取り敢えずいいことだ。

とはいえ露出狂みたいな剝き剝きネエチャンや、弱さ愚かさを売りにしてカワイイ女を演じるブリッ子や、触れなば落ちなん風情のフェロモン女たちに、今更セクハラなんて言ってほしくない。ウヒウヒ挑発に乗ってしまうバカな男のほうだってセクハラの被害者ではあるまいか。

弱い女という餌あってこそ棲息できる勘違い男や欲求不満男

職場のセクハラには、上司が地位を利用して部下の女に迫り、なびかないと冷遇したりする、パワハラがらみの「対価型」と、猥談やポルノや裸踊りを開陳したがる悪乗り男どもが放任された「環境型」がある。環境型は比較的単純で退治しやすい。キャアキャア騒いだりするとかえって調子に乗るから、女一同毅然として耳目を背け、ぞっとするほど冷たく蔑《さげす》んでやろう。

「対価型」は、女も実は下心満々で出世のためとあれば喜び勇んで媚《こび》を売るくせに、期待が外れるとにわかにセクハラだと訴えたりすることもあって複雑だ。また格好いいエリートならOKの言動でも、冴えないブス男だとおぞましいセクハラになったりするのだから、女もずいぶん身勝手で差別的ではある。

それにまだまだ弱過ぎる女が多いのだ。セクハラ相談に寄せられる事例を見ると「断りきれず」とか「無理やりキスされ」とか「関係を断ちきれないでいるうちに」とかいう言葉が目白押しで、おいおい、しっかりしてよ、手も足も口もあるんでしょ、砂漠の真ん中でもないんだし、もう少し強くハッキリ拒否すればいいじゃないとイライラする。しかも「精神的に追い詰められて働ける状態ではなくなった」という女性が多いのだ。

たしかにどの職場にも図々しい勘違い男や切ない欲求不満男がうようよいるけれど、彼らは弱い女という餌があってこそ棲息できるミジメなダニ類なので、女が強くなれば絶滅に瀕《ひん》するだろう。

それに最近はお役所でも親切に相談に乗ってくれるし、職場も放置責任を問われて裁判沙汰にならないようセクハラに敏感に対応するようになりつつあるのだから、セクハラ如きで世をはかなむことはない。

日本の女性もかなり権利意識には目覚めたけれど、他に求める権利ばかり追求しても本当に強くはなれないし、むしろ依存心が募り、白馬の王子様願望が昔よりも肥大した感じさえして情けない。女が進歩しなければ男だって進歩しないのだ。ウジウジと恨みや自己憐憫に囚《とら》われている暇があったら、自分を磨いて強くなってくださいよ。

男に甘いとフェミニストに叱られる私だが、弱いものいじめは気が進まないだけで、権力をかさに女の性を弄《もてあそ》ぶ傲慢なオットセイ男なら断固闘って懲らしめてやりたい。若い頃、その種のお偉いセクハラおじさんを「無礼者っ」と公衆の面前でひっぱたいて大恥かかせたことがある。痛快だった。

レディーが堂々と暴力をふるえる滅多にないチャンスを提供されるのだと思えばセクハラも悪くない。莫大な賠償金もいいけれど、そんな気色の悪い金で左団扇《うちわ》なんて女がスタる。私なら難民施設にでも寄付してスパッと忘れたい。

第2章
上質に暮らす

9 住まいこそ美意識の牙城に

家の価値は大小にあるのではなく、
その空間の質にある

衣食住ではなく住食衣が私の暮らしの優先順位である。子供のときから理想の家の間取り図を描くのが一番の趣味だった。その理想が完璧に実現することは遂になく今日に至ってしまったが、ともかくピンからキリまで多種多様な住まいを体験したということでは人後に落ちない家フェチとして、住まいについて言いたいことはいくらでもある。

家の話になると、「どうせウチみたいな兎小屋《うさぎ》は」と俯《うつむ》く人が少なくないのだが、兎小屋結構じゃないですか。アメリカに多い、象でも住めそうな巨大邸宅が、どれだけの資源を浪費しているか考えてもごらんなさい。維持管理も必ず頭痛の種で、そんな豪邸の奥様方が集う宴《うたげ》ではお手伝いや修繕屋がらみの愚痴が必ず耳に入るし、立派な花瓶に溢れる大輪の薔薇に「わあ、流石《さすが》に贅沢なお花」と感嘆しかけたら、埃《ほこり》のたかった造花だったりして、豪邸にはなにかうすら寒い印象が残ることが多いのだ。

私の粗庵があるバンクーバーには、中国やアラブの富豪邸が建ち並ぶ丘があるが、これがもう冗談みたいに巨大で悪趣味な家ばかり。日本から来た友達をこの「笑える豪邸ツアー」に連れて行くと、大邸宅への憧れが吹っ切れて、質素でエコロジカルな兎小屋に誇りを取り戻したりするようだ。

そう、家の価値はサイズではなく、その空間の質にあるのです。住まいこそは貴女の美意識の牙城《がじょう》でなければならない。美意識というのは嫌悪感の集合体であり、醜いものを排除する武器である。外に出たら醜いものも否応なく眼に入るが、住まいは誰に遠慮もいらない私空間だから思いっきり我儘《わがまま》に美意識の刀を揮《ふる》うべきなのに、いらいらするほど寛容というか鈍感というか、余計な家具、つまらない飾り物などがごった返した環境に安住している人が多い。

簡潔を極める静謐《せいひつ》な空間の美しさということでは、日本には茶室という素晴らしいお手本がある。家は生活の場だから茶室の真似はできないとしても、いらないものを厳しく切り捨てる精神だけは学びたい。

これは絶対に必要なものなのか、これが本当に好きなのか、美しいと思うのか、改めて考えてみよう。家族がいるならその全員にも訊ねて、一人でも嫌いだと言うものがあったら、それは即デリートだ。放っておくと余計なお世話の贈り物などがどんどん溜まっていくし、今の日本の住環境では足し算よりも、まず引き算を考えたほうがいい。

住環境くらい本物にこだわらないと家族までフェイクになりそうだ

足し算のほうでは「火」が一押しだ。そもそも私たちの先祖が火を囲んで身を寄せ合ったのが住まいの原点であり、火は家の心臓のようなものである。電磁調理器の普及でキッチンにさえ火のない家が増えているが、私は火のある暮らしを手放したくない。幸い娘のかれんの別荘には暖炉があってバンバン薪を燃やすことができる。火には暖房という役目を超えた温かいコミュニケーション能力がある。家族と、あるいは来客と火を囲むと、無言で炎を眺めているだけでも文字通りウォーミング・アップで温まった心がほぐれ、やがて話が弾みはじめ、ときには盛大な炎のように議論が盛り上がる。

　私の住まいでは暖炉の代わりに蠟燭《ろうそく》の炎が活躍している。お洒落な蠟燭をあれこれ買い集めて家のあちこちに置いておくだけでも楽しいし、客の到着の少し前に火をつけて、一人炎を凝視《みつ》めて瞑想すると心が落ち着く。透明のポットのお茶を蠟燭で温めながらサーブしたり、もてなしの食卓では、鍋ものとかフォンデューなどで、なるべく火を使うことにしている。

　火とおなじくらい水もほしい。だから花を絶やさない。昔は花より団子派だったが、残り時間を意識するようになった今では、限りある花の生命が美しい時間の結晶のように思われて、花のプレゼントは時間を贈られたように嬉しい。

　次々と枯れていくお花を「有り難う、さようなら」と葬りながら、まだ元気な花を集めては活け直し、最後の一輪をシャンペン・グラスに挿したり、数片残った花びらをラリックのガラス鉢に水を満たして浮かべたりして、最後まで花の生命を愛しむ。

自分で家を建てるとしたら木造にしたいが、状況に順応するしかない借家住まいでは、せめてなるべく木の家具を使い、ファブリックも絹や木綿の自然素材を選ぶ。合成板にいじましく木目をプリントしたようなフェイクな物を使うくらいなら、昔の貧乏生活のようにみかん箱でも机にしたほうがマシだと思う。

今の世の中、あまりにもフェイクなものが多すぎる。自分の住環境くらい本物にこだわらないと、家族までフェイクになりそうな気がする。本物にはそれなりのお金もかかるが、人生の優先順位をしっかりと意識していれば無駄金は使わないものである。

火・水・木・金ときたら、あとは、土、日、月と続くわけだが、地球と宇宙も棲み処《すみか》だということをいつも意識しながら、なるべく土を踏んで大地の気と繋がり、太陽のエネルギーで充電し、月で観想して深く自省する習慣をつけたいものだ。

10 みんなで編み上げるコミュニティー

同志が集い切磋琢磨しながら
エネルギーを増幅させる人間環境

高校二年のとき、生徒会の執行委員長になった私は、陰鬱な生徒会室の壁に白いペンキを塗りたくった上、前衛アートを張り巡らして雰囲気を一変させ、保守的な学校当局を驚愕させた。

ホワイトハウスという渾名《あだな》がついたこの部屋は、つまらない授業をボイコットするような反抗的生徒の溜まり場になり、隣の東大の学生運動とも連携して、いよいよ学校に睨まれたが、私たちは「不良」でも「過激派」でもなく、なにごとも真剣に考え、情熱的に行動する、ひたすらに真面目な生徒だったのだ。

哲学について、芸術について、人生について、私たちは本当によく議論した。ただ群れるのではなく、社交的なパーティーでもなく、同志が結集し切磋琢磨しながらエネルギーを増幅させる「梁山泊《りょうざんぱく》」風の人間環境がとても性に合った私は、以来いつもそういう仲間たちを大事にしてきたし、その延長線上に今、自宅で開いている「森羅塾」もある。

梁山泊の同志たちは高校卒業を前にQUO《クオ》（QUO　VADIS《ヴァディス》？＝どこへ行く？　という意味から名付けた）というグループを結成し、老後の構想まで語り合ったことが日記に残っている。

「私たち、これからどんな人生を過ごすかわからないし、大成功する人も、落ちぶれる人もいるかもしれない。それはそれぞれの能力や努力や運不運によることで仕方がないとしても、七十過ぎたらもう御破算で願いましてで、多少にかかわらず有り金持ち寄って老後コミューンを作り、今みたいにわいわい一緒に楽しく暮らしたいわね」

「私たちって我《が》が強いから完全な共同生活は無理だけど、QUOマンションに割拠して個の殻を維持しながら、人恋しくなれば共有のサロンに出ていくなんていいんじゃない」

「歳をとったら自然回帰よ。海辺か温泉地にそれぞれが庵を編んでＱＵＯの集落を作り、一緒に畑を作るとか、ほどよく連帯し援《たす》けあって暮らしたいな」

三世代、つかず離れずの「協働」を楽しむ隣組ライフ

それから半世紀が過ぎたが、このＱＵＯの構想は全然古びていない。

他にも選択肢はいろいろある。昔よりずっと立派な老人ホームも続々できるので、幾つか見学してみたら、たしかに設備は申し分なくケアも行き届いているが、それだけに巨額の入居金が要るし、月々の支払いもバカにならない。そんな蓄えも年金もない私には縁がないが、たとえお金があっても、どうも私には異質で居心地が悪そうだ。低費用の施設は入居希望者が列をなして滅多に番が回ってこないそうだから、多少なりとも余裕のある人間は遠慮して、本当に困っている人に譲るべきだろう。

保守的なことを言うようだが、社会福祉に依存して家族の責任を忘れる傾向には反省が必要だ。成長した子供が、年老いた親の面倒をみるという昔ながらの家族システムが、やはり一番自然で合理的だと思う。しかし現代ではそれがなかなか難しいという事情もよくわかる。

一人のほうが気楽でいいという独居老人が増えているようだが、それが哀しい孤独死に繋がることも少なくない。独身の息子や娘が親と同居したまま老々介護になってヨレヨレに疲れ果てている例も多い。だから、伝統的な家族の絆を大事に守り活用しながらも、家族だけで頑張るのではなく、同じような状況の家族と家族が連帯して援護しあう二世帯住宅があってもいい。

最近結構流行っているらしい数世帯一緒のコーポラティブハウスはさらにいいし、それをもう少し拡大した地域共同体もいいだろう。一ダースなら安くなるというように、数がまとまるとなにかと融通が利き経費や労力の節約になるし、第一ずっと心強い。

共同体の親玉が国家だが、ここまで巨大化すると総身に知恵が回りかねるから、自立した市民は公を恃《たの》むよりも極力自助の精神を発揮して、よりよい老後のアイディアを絞り、その協力者をなるべく早くから集め始めよう。チャリティー活動とは違うのだから、べたべたと依存的な人はご遠慮頂き、物心ともに自立しているが孤立は好まない協調性に富んだメンバーを揃えたい。

それで私自身の計画はというと、まだ夢に過ぎないのだが、高校時代のQUOコミューン構想の自然回帰案を多少膨らましたもので、自然豊かな広い土地に会員たちがそれぞれ最小限のエコ・ハウスを自費で建てて基本的には自活しながらほどよく連帯し、広いサロンとオープン・キッチン、図書室、オーディオ・ビジュアル室、アート・ギャラリー、ジム、スパ、医務室を完備したクラブ・ハウスを自由に活用し、また有機農園を作り鶏や乳牛も飼ってできるだけ食糧自給を目指し、会員の文化的資産や知識を集めて地域のカルチャー・センター的な役割も果たす。

熟年が中心だが働き盛り、子育て世代の別荘も歓迎して、若い力と熟年の経験をコラボレートさせる。適当な土地さえあれば、実現可能な夢だと思うが、差し当たっては最近引っ越した新居でそのシミュレーションのような生活を始めた。

一つ庭をL字形に囲んだ二翼の家で、一方に私とノエルとケイリン、の三世代、もう一方に娘と同年齢だが同志的親友でいろいろな活動を共にしている森田敦子さん夫婦と、最近超高齢出産した男の子と、子育て支援に代わりばんこに上京なさる森田さんのご両親の三世代が住み、適当に協働しながら、つかず離れず有無相通じる隣組ライフを楽しんでいる。

11

骨董と暮らすということ

高貴で繊細な美女との同居は気が疲れるが、ラクに暮らせばいいってものじゃない

「やっぱり古い家って風格がちがうわね」と、今度引っ越してきた借家はやたらと評判がいい。洋館やマンションはさんざん渡り歩いた私だが、和建築には経験も教養もないし、薄暗く長い廊下や複雑な間取りが気になって、うまく住みこなせるか自信が持てなかった。しかし、「柾目《まさめ》がしっかりしていかにも重厚な木材ね」「時代がついた飴色も素敵」「いまどきこれだけの漆喰《しっくい》や聚楽《じゅらく》の壁ができる左官職人はいないんじゃない」などと口々に褒められると、だんだん我がことのように誇らしくなってくる。

実は前の家も結構お気に入りだった。二十年ほど前に高名な建築家が設計したかなり贅沢なキャラクター・ハウスで、かまぼこ形のトタン屋根が異彩を放っていた。敗戦後の焼け野原にひしめくトタン張りのバラックで、極貧にめげずキラキラ目を輝かせて懸命に頑張っていた日本人へのオマージュとして、バブルの時代に敢えてトタン屋根にしたという建築家の思い入れは、私の胸にも沁みた。雨音が激しく響くのも、自然との一体感があって好きだった。しかし家主はこの家を取り壊して息子のために新しい家を建てる方針で、二年限定の貸家だったのだ。

なんの不都合もない頑健なコンクリートの家をたった二十年で廃棄するなんて勿体《もったい》ない、なんとか翻意してくれないかという期待も空しく、結局明け渡すしかなかったわけだが、それで引っ越してきた今度の家は、木造で前の家より何倍も古いのに、維持費や手間暇を惜しまず大切に守り続ける大家さんの濃《こま》やかな愛情が隅々にまで感じられるのだ。

働き盛りで無念の最期を迎える前の家にひきかえ、こちらは老いてますます輝く幸せな家である。これは精一杯気を遣ってきれいに住まわせて頂かなければばという緊張感に武者震いしてしまう。借家ごときに緊張したくないと普通なら思う私なのに、今回はその緊張感が妙に快くて、そうだ、この際ついでに大事な骨董家具や古美術品を傍らに置き、毎日美しいものを見ながら使いながら暮らすことで、易きに流れがちな日常生活に緊張感をとりもどそうと思い立つ。

骨董は繊細で傷つきやすく気難しい高貴な美女のようなもので、決して気楽な同居人とはいえないが、人生、ラクに暮らせばいいってものじゃない。打っても叩《たた》いても壊れないプラスチックや、生活を便利にチープに要約してくれるコンビニに慣れきった精神は、不気味なほど鈍感で薄っぺらなのだ。

骨董は物であって物ではない。
時間と記憶の結晶体なのだ

私がとりわけ愛着する染め付けの磁器は透けるほど薄手でちょっとした衝撃でもカシャッと砕けるから、注意力が磨かれ、挙措《きょそ》動作も改まって、熟年にふさわしい優雅な振る舞いが身につくし、美しい器に駄菜を盛っては恥ずかしいから料理力も上がる。こういう物に囲まれていると美意識が常時オンになってしまうから、当然整頓や掃除もゆるがせにしないし、家でもそれなりの身だしなみを心がけ、間違ってもひねもすジャージーで過ごしたりしない。

さすがに私もちょっと疲れて、息子の家に設けた骨董部屋からしばらくお暇を頂き、バンクーバーの優し過ぎる自然に浸っていたのだが、「最後の一働き」と日本に振り向いた七十代は、濃密な文化と四つに組んで、凛と美しい暮らしをしたい。それで息子の家にコレクションを引き取りに行くと、嫁の訓子《のりこ》さんが「またいつでも戻っていらしてくださいね。お母様のお家でもあるのですから」と優しいことを言いながら荷作りを手伝ってくれた。

嫁自慢も親馬鹿のうちかもしれないが、訓子さんは英国仕込みのバイリンガルでITのプロフェッショナルでありながら、息子とは茶道で知り合ったように、日本の伝統や作法の心得もあり、骨董の扱いも危なげがない。打てば響く聡明なひとで、骨董を一つひとつ包みながら彼女の質問に答えていると綾取りのように物語が広がり深まっていく。骨董というのは物というよりさまざまな歴史を孕んだ時間と記憶の結晶体なのだ。世代から世代へ文化を伝承していくために、これほど素敵な媒体があるだろうか。

これからは子や孫や友達、それから私の寺子屋「森羅塾」の塾生たちにも、できるだけ骨董と親しんで、その「物語」に耳を澄ましてもらおう。豊かな年輪の価値を識るにつれて、同じように齢を重ね、知識や経験を蓄積した熟年世代の人間力をポジティブに活用する意欲も湧いてくるだろう。そして若さ信仰の呪縛《じゅばく》や、使い捨ての悪習からも脱却できると思う。

近頃、物を捨てる蛮勇がもてはやされ、ガラクタは勿論、高価な家具だろうとブランド・ドレスだろうと要らないと決めたらもう迷わず、トラックいっぱい潔く捨てまくったとか、とくとくと書いている人もいて、「この罰当たりが」とムカついてしまう。

そんなにじゃんじゃん気楽に捨てるから、地球がゴミで埋まりかけてるんじゃない。要らなくなるようなものは初めから買いなさるな。物の生命をいとおしみ末永く付き合う覚悟で選りすぐった物だけを買おう。それでは物と金が回らず経済が破綻すると言われるかもしれないが、過剰消費文明の自転車操業的な悪循環経済に殉じることで、一体どんな未来を期待できるというのだろうか。

12

芸術こそ神の祝福

本物のセレブリティーに出会うと、
ただならぬオーラに鳥肌が立つ

女性誌などを眺めていると、セレブ妻とかセレブ御用達とか、セレブという言葉がやたらと目について、そこには何故かキラキラ成金趣味のイメージがまとわりついてくる。セレブと呼ばれるのがいわゆる勝ち組の勲章になっているらしい。

セレブリティーを勝手にちょん切った和製英語だから、その分軽く安っぽい意味になっていても当然とはいえ、カネとモノだけが物差しみたいなセレブなんて志が低過ぎる。

欧米でセレブリティーと呼ばれるスターや有名人には、あたりを払う華や威厳がある。

だってセレブリティーを直訳すれば、祝福された人、神嘉《よみ》する人ですよ。例えばカラヤンとかマリア・カラスとかイヴ・モンタンとか超弩級《どきゅう》のセレブリティーに遭遇したときは、そのただならぬオーラに鳥肌が立ったものである。たしかに世の中には神の恩寵《おんちょう》を一身に集めたような人がいるもので、それが最も顕《あら》わに輝いてみえるのが、こういう一流の芸術家なのだ。

才能という神の恩寵を自覚した人には、それをいかに磨き上げていくかという長い試練の旅が始まる。なまじっか才能なんてないほうがよかったと思うこともあるほど苦しい道程で、脱落者も少なくない。そして、遂に花開いてセレブリティーと呼ばれるほどの芸術家になったら、今度はその芸術で人々に歓びや癒しをもたらす重い使命を負い、「赤い靴」のバレリーナのように人生を捧げて踊り続けることになる。

最高の贅沢は
埋もれた才能を発掘し育て上げること

一方、芸術家を支えるという使命を選ぶ人もいる。これこそ、セレブリティーに最もふさわしい役割の一つで、昔は王侯貴族が芸術家の庇護者になることが多かった。僻《ひが》みったらしく書くけれど、物書きにさえパトロンがつき、ジャン・ジャック・ルソーのように地味な哲学者でも、ナントカ伯爵夫人の庇護のもとで悠々と著作に専念することができた。その代償は作品を真っ先に伯爵夫人の前で朗読して聞かせることだったそうである。ルソーもさることながら、私は伯爵夫人が羨ましい。私がお金持ちだったら、そういう贅沢がしたいなあ。

でも日本でパトロンなんて言ったら、ホステスを囲うヒヒ親父のイメージになってしまった。

パトロンの不在は、個人に対する寄付に控除がない日本の税制が悪いからだとよく言われるが、いくら税制を改めようと、芸術をパトロネージするだけの情熱と教養を兼ね備えた金持ちがどれだけいることか。ましてや、名馬を見抜く「伯楽」の眼力など期待できそうもない。

成功した芸術家にはドッとファンが集まり、気前よく貢ぎまくるタニマチも現れるが、無名だったら誰も見向きもしない。視聴率第一で付和雷同《ふわらいどう》の国民性なのだ。

埋もれた才能を掘り出して育て上げることだけを喜びとし、「世に出た後は大衆にお任せだ」とキレイに手を引いて恩着せがましいことは一切言わずに消えてしまう粋なパトロンも昔はいたそうである。「あれはカッコイイ爺さんだったなあ」と話してくれた私の父は、そんな伯楽の素質こそなかったが、芸術への情熱と多少の財力を持ち合わせていたので、一応パトロンはつとまった。

戦時中の上海にはナチスに迫害され命からがらヨーロッパを脱出したユダヤ人がシベリア経由で続々とやってきてゲットーに犇《ひし》めいていた。その中には一流の芸術家も多く、父母は彼らの生活と芸術の援護に熱中していた。我が家は亡命音楽家の溜まり場になり、慰労の饗宴が、自然にサロン・コンサートに移行することもしばしばだった。

この遠い記憶が甦るようなことが最近にわかに増えてきた。

まず私の骨董コレクションに加わった百年前の手回し蓄音機で聴くSPの音に魅せられた。現代とは比べ物にならないくらいシンプルな技術で、電気も少ししか使わずに録音されたのに、不思議となまなましい臨場感がある。音楽家の友人は「シンプルだからこそかえって複雑な音が入るんだなあ。基音と倍音の関係が今どきのCDよりずっと正確に聴こえるし」と感動していたが、そんな難しいことはわからない私にも、かつて我が家のサロン・コンサートで間近に聴いたときと同じように、音の息吹や温度感がありありと感じられ、「ようこそ、いらっしゃいました」と、見えない演奏者に声をかけたくなる。

そして先日は本当に音楽家が現れた。カナダで親しくしている新進ハーピストの大竹香織さんが演奏会のために来日したとき、私の「森羅塾」でもささやかなコンサートを催したのである。二十人でぎっしりの狭い部屋で、音響もいい筈はないのに、心に響く音の深さは、立派な大ホールに勝るとも劣らない。そうだ、せっかく開いた寺子屋を、こういう贅沢を分かち合うサロンとしても活用し、皆でマイ・セレブリティーを盛り立てていく場にしよう。いよいよ愉しくなりそうだ。

13

アンチ温暖化の生活作法

地球温暖化はアナタのせい？
ワタシのせい？

年々夏が暑くなる。今年の夏も一段とひどかった。アツイアツイと悲鳴を上げながら「やっぱり地球温暖化のセイだよね」などとワカッタようなコメントを加えるのが大流行《おおはや》りである。

「それはそうだけど地球温暖化はアナタのセイなのよ。暑さくらいでガタガタ言いなさるな。それで冷房をガンガン利《き》かせ、ペットボトルでガブガブ水を飲み、ちょっとでも歩くのが嫌ですぐ車に乗り、日に何度もシャワーを浴びたりすることも地球温暖化の原因なんだから」と一発かましたくなる意地悪バアサンも、涼しいカナダに遁走《とんそう》すべく、車よりもっと罪が重いジェット機に乗らざるを得ないのだ。

この悪循環でいよいよ加速する温暖化の影響は、もう誰の眼にも明らかになってきた。日本の私たちが大騒ぎする夏の暑さなんてまだ些細なことで、世界的にはもっと凄いことになっているのだ。

まずあちこちの氷河がどんどん消えている。北極と南極の氷も溶け出した。可哀想に足場を失って溺れ死ぬ白熊やペンギンもいるらしい。そして海水が増えれば水位が上がり、人間が住む土地も低いところから水没していく。なかでも赤道に近い水域は地球の自転による遠心力で海面が一番膨れ上がるから、ポリネシアのツバルという小さな島国は既に水浸しで、全国民の避難先確保が急がれている。温暖化にはあまり責任のない素朴な国が、さんざん文明を享受した先進国に先んじて罰を受けるのは気の毒なことだが、私たちだって明日はわが身と覚悟したほうがいい。

温暖化が生態系に及ぼす影響も大きく、私の行動範囲内だけでもさまざまな異常や変化が目につくようになった。この間久しぶりにダイビングしたら、かつてはあでやかな桃色だったサンゴ礁が白い墓場に変わっていてゾッとした。海の生物たちは陸の熱帯雨林に匹敵する重要な棲《す》み処《か》を失いつつあるのだ。またカナダではこれまでいなかった蚊に刺されるようになり、あわてて網戸を入れた。西ナイルウイルスを運ぶ危険な蚊がアメリカ南部に現れたのは前世紀末だが、年々北上してカナダにも接近中だ。複雑微妙に連鎖する生態系はちょっとバランスを崩しただけでドミノ倒しのように全体的破滅にも至りかねないのである。

次々と襲来するハリケーン、洪水、干ばつなどの多くはこれまでにないほど重篤で、温暖化症候群はもう手遅れ寸前まで悪化しているのだ。

燃えもせず、凍りもせず、生物の棲息可能な星であり続けるために

ではそもそも地球はなぜ温暖化したのか。地球が燃えもせず凍りもせず生物の棲息可能な星であり続けたのは、保護膜として地球を包む大気の中で熱を吸

収する温室効果ガスが、それ以上でも以下でもいけない実に絶妙な濃度に保たれてきたお陰なのである。ところが図抜《ずぬ》けた進化を遂げた人類という種によって前代未聞の文明が築かれ、近年は爆発的な人口増加と産業の大発展によって二酸化炭素を主とする温室効果ガスが急増し、命綱のバランスが崩れたのである。人類による自然破壊は他にもいろいろあるが、最も差し迫った危機がこの温暖化なのだ。

以上、わざわざ書くのも恥ずかしい常識ばかりだが、この程度の常識さえわきまえない向きもあるらしいので、最小限に要約してみた。もっときちんと詳しく解説された本を是非読んで頂きたい。良い本が沢山出ているが、ノーベル平和賞を受賞したゴア元アメリカ副大統領の『不都合な真実』が一番ビジュアル的でわかりやすいだろう。

そして差し当たり人類の急務は二酸化炭素の排出を減らすことだが、世界各国に減量を割り当てた京都議定書も、全世界の三〇パーセント余りの二酸化炭素を一国で排出する「主犯」のアメリカが批准を拒否しているのだから破れた網を張ったようなものである。しかも石油資本の手先みたいなブッシュは、こともあろうに不必要な戦争まで始めて最悪の浪費に熱中し、日本にもその支援を求めてきたのだ。ジョウダンじゃない。軍艦への給油なんて、キッパリ断ったらいいのです。テロとの戦いと国際貢献がナントカの一つ覚えだけど、地球温暖化との闘いにもっと金を出し智慧《ちえ》を絞り汗を流すことこそが、一番の国際貢献になるはずだ。そのための税金なら文句は言うまい。

そして私たち一人ひとりも二酸化炭素排出の抑止にベストを尽くそう。二十年前にカナダで暮らし始めたときから、減量《リデュース》、再使用《リユース》、再生《リサイクル》の3Rが市民の合言葉で、私も生活者として随分鍛えられ成長した。これはそのままアンチ温暖化の生活作法だったのだと今になって気づいたが、心身にも排出ガスを溜めず爽やかに生きられるし、最も美しいライフスタイルとして心からお勧めできる。

14

立つ鳥跡を濁すまい

明日、何が起こっても不思議ではない時代

一九九九年に世界が滅びるというノストラダムスの大予言がひところ世を騒がせたが、私たちは無事に二十一世紀を迎えた。「ノストラダムス本で大儲けした連中からお詫びの一言もないのよね」と、売れない物書きとしては嫌味の一言も言いたくなるのだが、私はノストラダムスを頭から馬鹿にしているわけではない。一六世紀に彼が書き遺した予言は、象徴的で暗号のように難解な四行詩だから解釈次第のファジーなところも多いが、ナポレオンやヒットラーの登場、リンカーンやケネディーの暗殺、ソ連の興亡、広島とチェルノブイリな

ど、歴史の転換点にいちいち符号する詩句のすべてが偶然とは思えない。

他にもヨハネの黙示録、ファティマの予言などなど、結構よく当たっている予言が少なからずあり、いずれも二十世紀末から二一世紀初頭にかけて世界崩壊の危機を迎えるという点で一致している。

しかし本当にそうと決まっているのだとしたら今更心配しても始まらないし、ガセネタで騒いだりしてしまってはさらにばかばかしい。

だいたい地球温暖化問題や世界的経済危機といい、核の拡散や戦争とテロで増幅する憎しみの連鎖といい、疫病の進化や薬害といい、予言者が乗り出すまでもなく十分に不穏な状況だから、今世紀に何が起こっても不思議はないだろう。そろそろ人類の驕《おご》りのツケを払うときであることは確かなのだから。

多少科学的な予測としては二〇五〇年問題というのがあり、このままいくと二〇五〇年には世界の人口がピークに達して当然食糧危機や環境汚染も深刻化するが、その後二十年でその人口が三割か四割か正確には知らないがともかく劇的に急減少するということで、多くのシミュレーションが一致している。その理由が戦争なのか、疫病の大流行なのか、隕石の衝突なのかはまだわからないらしい。

どうもあまり明るい世紀ではなさそうな話ばかりだが、これをオバマ大統領のいうチェンジとか、再生や浄化の好機ととらえるポジティブ・シンキングこそが聡明な人間にふさわしい。

家族や友人の心の中に、良い記憶として残りさえすれば……

いずれにしろ人は必ず死ぬのだし、すべての文明は終焉《しゅうえん》を迎えるものだし、地球もやがては太陽に引き付けられて燃え尽きることがわかっている。儚《はかな》いといえばすべてが儚いのだが、儚いからこそ美しいのではないか。叩いても投げてもびくともしないプラスチックの給食茶碗より、倒れただけでカシャッと割れるクリスタル・グラスの方を私は選ぶ。「壊れ物注意」の生命であり人生だから、一日一日を大事に愛しもうと思うのだ。

そして後世に名を残すほど偉い人になろうなどという野心はさらさらないが、

直接親しく関わった家族や友人の心の中に、良い記憶として残ることができたら幸せだと思う。

　立つ鳥跡を濁さずという言葉もあるし、私もそろそろ身辺整理をしておいたほうがいいだろう。そう思って家を見回し、あまりに夥《おびただ》しい私物の山に茫然としてしまった。美術骨董のコレクションなら子供たちも喜んで引き継いでくれるだろうし、衣類や道具類は欲しい人にあげるなり捨てるなりすればいいから、もしこのまま残して死んでも、まあ簡単に始末できるだろう。

　しかし、写真やノートや古手紙や書類など、個人的な意味のあるものは、自分で整理しておくしかない。その量が半端ではないので、これは大変な仕事になりそうだと怖気付《おじけづ》いたが、病気になったりボケたりしてからでは遅いから、まだ元気な今のうちだと思い決して、この正月休みに手をつけ始めた。懐かしいものについ見入ってしまうから遅々として進まないが、それだけに結構楽しい作業でもある。

　私が二〇〇七年から自宅で開いている大人の寺子屋「森羅塾」には、「桐島洋子の千夜一夜物語」という講座がある。「魔都上海の危うくも華麗な幼年時代」から始まり「バンクーバーの林住期、身体性の恢復《かいふく》とスピリチュアルな覚醒」に至る十二回シリーズで、私の個人史を中心に世界史や日本史も絡めて語りながら、さらにその時代の思い出の料理を再現して味わっていただく食事会も加わる。

このシリーズが二年がかりでひとまず完結したが、今度の整理で「あら、これも使えばよかった」という写真や資料が次々と現れた。是非受講したいという方からのご要望もあることだし、また近く改めて第一回から講座をスタートし、それに新しい資料も加えパワーポイントの画像も増やすようにしようと思っている。身辺整理にも意外と生産的な意味があったわけである。

15 手紙という翼で風に乗り海を渡った

美しい恋文は、
美貌より深く彼の心を掴む

目覚ましのコーヒーを啜《すす》りながらパソコンを開いてメール・チェックすることが、私の朝一番のセレモニーである。「あの世」に属するらしい夢の世界から「この世」に帰還する瞬間だ。

そこでまず懐かしい友人の名前がパッと現れたりしたら嬉しいのだが、たいていは「地元のオバサンを抱きませんか」とか「制服女高生の狂乱ナマ写真」とか、おぞましいスパムの大軍がゾワゾワッと雪崩れ込んでくる。「全くもう朝っぱらから気色の悪い、ネットって色情狂と詐欺師の巣窟《そうくつ》かよ」と、しばらくは怒りのハエ叩きに化身してスパム退治に励むのだ。

こういう不快かつ危険な側面が際限なく肥大していくのを見ているとインターネットは悪魔の陰謀を担ったモンスターではないかと不吉な思いにとらわれるが、一度便利になったら後戻りはできないのが人類の宿命だから、なんとか天使たちを糾合《きゅうごう》してモンスターを飼いならしていくしかない。天使力といえばなによりも愛と友情である。だから電車の中でまで携帯握り締めて一心不乱にメールを打ち続けている女の子たちにはじめはイライラした私も「喋々喃々《ちょうちょうなんなん》いいじゃない。恋文が世界を救うのよ」と思いなおし、天使の一味と認めることにした。

とはいえ、それを覗き見しようものなら、あまりの幼稚さ、他愛なさに愕然とする。恋文どころか、ただの手紙にもなっていない玩具の手旗信号レベル。ねえねえ、せっかく思いを伝えたい相手がいるのなら、もう少しちゃんとした文章にしなさいよと説教したくなる。

自慢じゃないけど、いや自慢してもいいか、私の恋文はなかなかのものだったようですよ。どう贔屓目《ひいきめ》に見ても美貌や色気を武器には使えない私がそこそこモテたのは、ひとえに恋文のお陰です。

昔の話だが、別れた男が後に結婚するとき、私の恋文を返送していいかと電話してきた。そちらで焼くなり破るなりしてよと答えたら「そんな勿体ない、貰う度にこれは一生の宝だと思って大事に蔵《しま》い込んできた手紙だよ」だって。へえ、ちょっと別れるのは惜しかったかしらと思ったりしたものだが、ともかく恋文の力に自信を持つことができて悪い気はしなかった。

オヤッと思わせ、グッと懐に入る必殺手紙術

他にも人生のさまざまな局面で手紙が私の運命を拓《ひら》いてくれた。

子供時代の親友と離れ離れになってからも、ずっと文通を続けていたが、いつも細かい字でびっしりと葉書を埋める近況報告を郵便受けの前でふと立ち読みして「この子は文才があるじゃないか」と毎度「愛読」してくださるようになった親友の父上が、短編の神様といわれた大作家・永井龍男先生だったこと

から、憧れの文藝春秋に入社する道が開けたのだった。

入社後しばらくは雑用係で、読者からの手紙を一手に引き受けて丁寧に返事を書き、「こんなに素敵なお返事をいただくとは」と感激されることが少なくなかった。

しかし非難攻撃の手紙にはこちらも血がたぎって激烈な反論を書いたりしてしまう。それに怒り狂った右翼が怒鳴り込んできて大騒ぎになったこともある。ああ、これでクビかもと震えていた私に、編集局長からお呼び出しがあり、おそるおそる出頭したら「キミが書いたという手紙を読まされたよ。いやあ、実に痛快だった、よく書いた、それにしてもキミは筆力があるねえ」と思いもかけないお褒めの言葉。そのお陰かどうかは知らないが、間もなく編集部に配属になった。

編集会議で次号の執筆者が決まると、編集部員で手分けして原稿依頼の手紙書きが始まる。これは相手が偉い人や物書きのプロだから、いい加減な文章は書けない。きちんとしきたりにのっとった書式と丁重な言葉遣いで、しかもオヤッと思わせる新鮮な個性も覗かせて惹きつけ、グッと懐に入るという必殺仕事人風手紙術はこの職場で磨かれた。

それから怒濤のような恋文の季節。苦手な英語でさえ、相手の心を蕩《とろ》かすほど熱い想いが伝わりうるものだと知ったし、ともかく情熱が結集して魂が起動すればテクニックは二の次三の次と悟った。

いろいろあって会社を辞め放浪の季節に入ると、世界のあちこちからマメに手紙を書き、それが物書きになるきっかけを作ったのである。

子供と離れ離れのことが多い「ふうてんママ」だったが、手紙のやりとりが、直接の会話より深い理解に繋がることも少なくなかった。

最近は病気見舞いとか、お悔やみの手紙が増えたが、苦しみや哀しみの癒しになることとこそ手紙の最高の使命だとつくづく思う。こういう手紙はパソコンではなくぬくもりのある肉筆に祈りをこめる。

やはり肉筆が一番なのだ。絵葉書なら余計な挨拶抜きの一言二言でいいから、私は気の利いた葉書を見つける端から買っておき、毎日何通か俳句でもひねるようにお礼やご機嫌伺いを書き送っている。

16 オリンピックなんていらない

束の間のオリンピックより、末永く快適な暮らしのための都市計画を

また騒々しいオリンピックの夏がやってきた。という苦々しげな書き出しでお祭しの通り、私はオリンピックが好きではない。子供の頃から体育が苦手の運動音痴だから、負け犬の遠吠えと言われても仕方がないが、勝ち犬の祭典を誰もがびゅんびゅん尻尾を振って歓迎するわけじゃないんだよとは言っておきたい。

だから東京都のオリンピック招致にも反対だった。オリンピックという錦の御旗《みはた》は有無を言わさず都市を変貌させる。北京オリンピック（二〇〇八年）で

も、北京の民衆の歴史と生活文化が深く刻まれた胡同《フートン》もどんどん惜しげもなく取り壊されてピッカピッカの高層ビルやノッペラボーの道路に変わってしまった。オリンピック台風一過の後はバルセロナもアテネも私が愛した陰影を失い、以前よりつまらない街になっている。都市の開発や再生のためにオリンピックは確かに最強の神風で、とてつもないエネルギーが短期に結集して火事場の馬鹿力を発揮する。

五十数年前の東京オリンピックは一気に「戦後」を終わらせた成功例とされているが、急げばいいってもんじゃなし、どうせ頑張るなら、束の間のオリンピックより、末永く快適な市民生活のためにこそしっかり都市計画を立てて、理想の東京を建設してほしかった。

オリンピックで俄《にわ》かに活性化するナショナリズムにも抵抗がある。自分の家族や、生まれ育った国を愛するのも、神仏を信じるのも結構なことだ。しかし、信仰が度を越すと狂信になり、偏狭な家族愛はマイホーム・エゴイズムになるように、愛国心も暴走すると戦争まで突き進む危険を孕《はら》んでいる。いずれもほどほどが肝心だから、わざわざ煽り立てるようなことは避けるのが良識というものだが、オリンピックとなるとバカッと前をはだけたようにナショナリズムが解禁され、国家の威信なんてマッチョな言葉が堂々と行進し始める。

特に北京オリンピックときたら、チベット問題も絡んで抜き身の剣がギラつく強面《こわもて》ぶりに、何が平和の祭典だよとムカついたし、青いユニフォームの聖火護衛団もサイボーグみたいで気味が悪かった。そもそもオリンピックの開会式とか聖火リレーなんてのは、いかにもヒットラーが好きそうな代物だなあと思っていたが、近代オリンピックに聖火リレーを復活させたのが、まさにそのヒットラーのベルリン・オリンピックだったそうである。

また、戦後のドイツで開かれたミュンヘン・オリンピックは、イスラエルの選手団がテロリストに誘拐され皆殺しにされるという悲惨な大事件が起こったのに中止もされなかったので「えーっ、オリンピックってそんなに大事なの。一体、何様だと思ってるんだろ」と驚き呆れたものだ。

極端な肉体酷使のツケ？
意外に短命な運動選手

そういえば普段から「何様だと思ってるんだろ」と思うことはスポーツがみに多い。だいたいメディアにおけるスポーツの偏重は、今更誰も文句を言わないほど常識化してしまった。まあ天下国家よりスポーツの成績に一喜一憂してるほうが平和でいいのかもしれないが、さらに片隅に追いやられる文化系の僻《ひが》みは募るのだ。

ジャングルで野獣と対峙する時代でもないのに、分秒を競って走ったり飛んだりしなくてもいいじゃないとか、人生イヤでも生存競争なのに、その上また、なんでわざわざ競技なのとか、まあそこまで言ってはオシマイだけど、これほど盛大に世にのさばるスポーツの意義が、この文弱の徒には今いちピンとこないのですよ。

でも、世間ではスポーツマンというだけで既に褒め言葉らしく、就職や結婚でも売りになるみたい。それはやたらと身体を鍛えてるんだから取り敢えず頑丈で頼もしげではあるけれど、肉体の極端な酷使のツケなのか、意外に短命なスポーツ選手が少なくない。

健康法程度の運動と違って、これでもかこれでもかと新記録や新技法をエスカレートさせるしかないオリンピック級の競技はもうアンチ自然の域に達しているし、その上ドーピング疑惑も跡を絶たないのだから、スポーツ＝健康というのは今や幻想に過ぎないだろう。

体育会系はあまりお勉強が得意でなくても引く手数多《あまた》で、とくに政財界に好まれる。まあ、頭でっかちの受験秀才より明快俊敏な元気印のほうがよろしいというのは理解できますけどね。

でもスポーツの名においてヘンにポジティブに人間を美化するのだけはやめてほしい。スポーツマンならまっすぐ爽やかフェアプレイみたいなイメージをからめてスポーツマンシップなる言葉がよく使われるのだが、卑怯で嘘つきで陰険なスポーツマンだっていっぱいいる。フィギュア・スケート協会のスキャンダルは記憶に新しいが、どのスポーツ団体にもたいてい金と名誉と権力の欲

望がどろどろ渦巻いているようだし、それが国家権力と結託するオリンピック
なんだから、ああ暑苦しい、心臓に汗疹《あせも》が出そう。

第3章

華麗にプロエイジング

17

エイジングは神の祝福

賞味期限切れの恐怖に慄《おのの》く女たちが、
アンチエイジング業界のカモになる

アンチエイジングブームで私にもよく取材があるのだが、その度にちょっとムッとして、「なんでアンチなのよ、エイジングしちゃ悪いってわけ？」と凄《すご》んでやりたくなる。

私が蒐《あつ》める骨董は勿論のこと、ワインもチーズも味噌もヴァイオリンもエイジングによって味わいを深めるのであり、若さなんて何の自慢にもならない。ところが人間については異様に若さがもてはやされ、特に女性は賞味期限が短く設定され、期限切れの恐怖に慄く女たちがアンチエイジング業界のカモにされている。

若さ信仰の大本山アメリカではアンチエイジング産業もいち早く巨大化して、神をも畏《おそ》れぬ過激な整形やホルモン療法で荒稼ぎし、若さも美も金次第と開き直っている。さすが多様性のアメリカだけあって、こういう風潮に対抗し、もっと真の健康や成熟がかもし出す美をこそ大切にしようという意識も高まり、心ある企業は五十代の美しいヌード写真を広告に使ったりして、アンチではなくプロエイジングという言葉を使い始めた。

私がエイジングの価値に目覚めたのは、あまりにも自分を酷使した三十代の終わりに、一年間の大休暇を自分にプレゼントしてアメリカで暮らしたときで、まさに四十になろうとする私を祝福するようなビューティフル・フォーティースという流行語に迎えられたときである。

その二十年ほど前に盛り上がったフェミニズムの波に乗って職場に進出した女性たちが四十代に達し、それまでは男だけのものだった要職を次々と勝ち取り始めた頃だ。そういう輝けるキャリア・ウーマンに会う度に、わあ、なんてイイ女なのと目を瞠《みは》った。日本にも偉い女はいるが、男勝りに頑張りに頑張って出世を果たした頃には女とは名ばかりの鬼瓦《おにがわら》みたいな女史になっていることがほとんどで、尊敬こそすれ憧れは感じなかった。

ところがアメリカでは年齢や地位と共に女っぷりも上がって、若い頃よりずっと魅力的と自他共に認めるキャリア・ウーマンが多い。こうなると男たちも、豊かなのはオッパイだけの小娘より、頭も財布も人脈も充実したオトナの女のほうがずっと面白いと悟り始めるから、ビューティフル・フォーティースがもてにもてていた。


ああ、お転婆でよかった!

身体は自然を忘れない

これだけでも励まされるのに、さらに年と魅力を重ねた大先輩が続々と視野に入ってくる。

アメリカを代表する画家のひとりであるグランマ・モーゼスは農家の主婦として畑仕事、家事育児、孫のお守りと忙しく働きづめの人生を過ごしたが、七十代にやっとヒマになり、刺繍《ししゅう》やパッチワークで家を飾るのを生き甲斐にしているうちに、数千年前の蓮《はす》の種が弾けて花開いたように七十年間埋もれていた美術的才能が開花して、にわかに素晴らしい絵を描き始めた。百二歳で大往生する日まで、ひたすらに絵筆を振るい続けて、夥《おびただ》しい名画を世に残したのである。七十代からの出発だって遅くはないのだ。

七十歳でスキンダイビングを始め、五十代にはもうダイビングを諦めていた私を驚かせたのは、百何歳かで四十歳若い恋人にみとられて永眠したレニ・リーフェンシュタールである。ドイツの美人女優として活躍していたレニはやがて映画監督になり素晴らしい才能を発揮したが、ヒットラーに重用されてナチスのプロパガンダに大貢献してしまったから、戦後は一転戦犯扱いで徹底的に打ちのめされる。二度と日の目を見ることはあるまいと思われた彼女だが、六十代で写真家として鮮やかに復活を遂げ、七十代には海中にも野心を拡げて水中写真家としても成功してしまったのである。挫折にうなだれる度に、私はレニの写真を眺め、人間、幾度だって再出発できるのだと気を取り直す。この先輩たちを思えば、私も古稀《こき》ぐらいで収まりかえってはいられない。

八月一九日のバイクの日に二輪ライダーが安全祈願で箱根神社に参集し、私がおっかけをしている素晴らしい大鼓《おおつづみ》奏者の大倉正之助さんの奉納演奏のあと、芦ノ湖一周のツーリングが行われ、大倉さんの後ろに乗らないかと誘われた。

バイクは初めてでちょっと怯《ひる》んだが、幸いスカートではなくベトナム仕込みのアオザイを着ていたので、従軍記者時代には爆撃機にも乗った蛮勇《ばんゆう》を振るい起こし、ヒラリと言いたいところだがヨイショッとうち跨《また》り、豪快な轟音《ごうおん》とスピードに身を任せた。すると若い頃に熱中した乗馬の感覚がみるみる甦り、さらにイルカのように海深くクゥーンと潜っていくダイビング感覚と、風に化身するグライダー飛行の透明な宇宙感覚も戻ってきて、怖いどころか涙ぐむほど懐かしく気持ちがいい。

ああ、お転婆《てんば》でよかった、自然との一体化を知っている身体は、自然にしなやかにエイジングできるのだろう。

18

料理をするのがそんなに面倒ですか？

パリの市場で身悶えた。
この野菜たちを料理しなければ女がスタる

久しぶりのパリにやって来た。日本円が強かった頃の栄華は泡と消え、ユーロ高に抵抗して極力倹約に努めようと、ホテルには泊まらず週貸しのアパートを借りたらこれが大正解で、今までにも増してパリの魅力を満喫できた上、安く上がった分で欲しい本も買えて、キッチンという守り神の頼もしさに、改めて感動してしまった。

思えばこれまでは、パリの市場を歩く度に必ず欲求不満に身悶えていたのだ。肉も魚介も野菜も乳製品もそれぞれタダモノではない面構《つら》えで、獰猛《どうもう》な生命力を剝き出しにして、「姐ちゃん、澄まして素通りはないだろうが」と烈しく誘惑するのだが、「勿論欲情してますともさ。五臓六腑がウズいてるわ。でも旅行者の悲しさでお持ち帰りは許されないのよね」と、俯いて逃げるように通り過ぎるしかなかったのである。

それが今回は、心揺すぶる食材は片っ端から選り取り見取りでわがものにして、いかようにも料理できるというハレムの王様みたいな日々なのだ。

とりわけ思う存分野菜を食べられるのが嬉しい。野菜の味が濃いから、別に料理に手をかけなくても単純に茹でたり焼いたりするだけで十分に満足できる。

例えば今日のブランチはカリフラワーと芽キャベツとじゃが芋のスープ、インゲンとマッシュルームとポワロの温サラダ、アンディーブとロックフォール・チーズのグラタン、茹でたホワイト・アスパラガスにエシャロットを利かせたブール・ブラン・ソースという献立で、ありふれた野菜ばかりなのにつくづくと美味しくて幸せだった。

一日のはじめにこれだけしっかり野菜を食べておけば、体調さわやかに街や美術館をいくらでも巡り歩けるし、夜はレストランのどっしりこってりの肉料理や華麗なデザートだってドンと来いなのだ。毎回外食のホテル暮らしではこうはいかず、次第に胃がへこたれて、ご馳走が苦痛になることも少なくなかった。やはり家があってこその旅、台所があってこその食べ歩きである。

私が『聡明な女は料理がうまい』というベストセラーを書いたのは三十数年前のことだった。自由だ自立だ解放だとか言っていた筈の女が、「帰りなんいざ、台所まさに荒れなんとす」などと俄《にわ》かに保守反動にくみするようなことを言い出すのは変節ではないかという反発もあったらしいが、女たちの料理力がどんどん退化して、美味しいものを自らの腕でほしいままにする自由を手放し、生活者としての自立を失いつつある状況こそ、女性解放に逆行するという危機感が私にこの本を書かせたのである。

イヤイヤ料理は惨めな労働《レイバー》、
わくわく料理は最高の活動《アクション》

勿論私は女が台所の囚人になってほしいとは思わない。私が知る限り、白馬の王子に媚びることしか頭にないようなナヨナヨ女がめでたく嫁入りしたところで、ロクな料理人にはならないもので、むしろ雄々しく活躍する有能なキャリア・ウーマンのほうが寸暇と有り合わせでパパッと気の利いた料理を作ることが多いのである。

かつて私が本の中で列挙した理想の料理人の条件は「果敢な決断力と実行力」「大胆かつ柔軟な発想」「鋭い洞察力」「明晰な頭脳と機敏な運動神経」「物に動じない冷静さ」「豊かな包容力」「虚飾のないさわやかさ」などだが、これは一流の政治家とか実業家とか、いわゆる男らしい男たちに捧げられてきた賛辞と一致する。つまり料理を女々しい仕事だと思ったら大間違いなのだ。

最近は「食」が天下国家に関わる問題として、いよいよその重要性を増している。飢餓を知らない時代になったとはいえ、食が直接生命に関わることに変わりはないし、農薬、添加物、BSE、鳥インフルエンザ、メタボリック症候群、食料自給率の低下などなど心配事は増える一方だ。

ところが皆さん、不気味に感じられるほど平然として、防腐剤や酸化した油まみれの弁当やテイクアウトを愛用し、子供にはジャンクフードをどさどさ買い与えるのですね。そのほうが安いわけでも美味しいわけでもない筈なのに、ともかく手間ヒマが省けるというだけで、買い食いで済ませてしまう。そんなに料理って面倒臭いことなのだろうか。

まあ確かに、面倒だと思い始めたら面倒で堪らない労働《レイバー》だろうが、面白いと思い始めたらこんなに面白い活動《アクション》は滅多にないのだから、面白がらなければ人生の損だと思う。

19
人が集えば何かが起きる

人は会うもの話すもの、
ナマでなければわからない

バンクーバーの友人が集まって私の古稀《こき》を祝ってくれた。このサプライズ・パーティーは場所も趣向も顔触れも知らされないまま連れて行かれた英国風の重厚なカントリー倶楽部で開かれ、なんと六十人余りの参加者にワッと迎えられたのだから本当に仰天し、七十歳の貫禄もあらばこそ、今どきの女の子みたいに「ウッソーッ、マジーッ？」と叫んでしまった。

これだけの計画を秘密裏に進めるというのは大変なことである。いかに友情篤《あつ》くお祭り好きでパーティー上手な仲間に恵まれているかということで、昔は人見知りが強く引っ込み思案だった私も、お陰で随分パーティーが身についた。

　億劫なパーティーでも思い切って出席してみると、やはり人は会うもの話すもの、ナマでなければわからないと実感することが多い。コンピューターによるコミュニケーションの進化拡大につれて人間の手応えが希薄になるばかりの今こそ、お互いの息吹に直接触れるパーティーを大切にしなければ、私たちはいずれ血肉を失ったヴァーチャル人間としてしか存在しなくなってしまうかもしれない。

　しかし、日本人はどうもパーティーが下手なのだ。集まるとしても同僚とか同級生とか、もともと親しい仲間がその親しさを確かめ合うだけの「同じ穴のムジナ」パーティーが多い。たしかに気楽ではあるけれど、新しい風が吹かない人間環境は、どうでもいい内輪《うちわ》話の繰り返しが多いから、カビくさく空気が淀んでくる。

　だからといって、やたらいろいろ人を集めまくればいいってものじゃない。異業種交流パーティーとかいって、役に立ちそうな人間に近づこう、自分をなんとか売り込もうとキョロキョロしながら、バッタみたいに名刺交換に飛び回る人間がウジャウジャいるパーティーにうっかり迷い込んだときは、あまりに物欲しげな空気の毒に当たって、しばらくはパーティーが嫌いになってしまった。

パーティーの「友情編集機能」で、生涯の仲間が形成されていく

仕事がらみのおつきあいでは清濁《せいだく》併せ呑むキャパも必要だが、プライベートには多少気難しく人を選んだほうがいい。私は「同じ穴のムジナ」的な親友を基盤にして連鎖的に友達の輪を広げてきた。だからパーティーも、安定したつきあいの友達と、彼らが連れてきた新人とのミックスであることが多い。

類は友を呼ぶと言うとおりで、良い友達の友達ならあまり間違いはない。もしも間違ったらそのとき限りにすればいいのだし、相手のほうも同じことである。お互いに選択の権利はあるのだから、保存なり消去なりしながら遠慮なく選び進めていこう。

パーティーには友情の編集機能があり、幾度もパーティーを重ねていくうち

に、残るべき友が残って、これこそ生涯の仲間と思えるグループが形成されていく。パーティーで政治、宗教、戦争、病気の話はタブーだとよく言われるが、あたりさわりのある話ができてこそ友達ではないか。私の周りは硬派の議論が大好きな連中が多いから歯応えのある話題ほど歓迎される。

メディアに溢れ返るお笑いとゴシップとスポーツ談議はもう沢山。せっかく友達と集まるのなら、もっと意味のある話をしたいのだ。

我が家でときどき招集されるナイト・サイエンス・パーティーは、遺伝子の研究で名高い村上和雄先生が「ノーベル賞を貰うようなアイディアは昼間机に向かっているときより、夜に酒を飲んだり風呂に入っているときにひらめくものだから、デイ・サイエンスよりナイト・サイエンスが大事なんですよ」とおっしゃるのを聞いたことから始まったもので、第一回は村上先生を中心にして生命の神秘についてスピリチュアルな領域にまで踏み込む刺激的な議論に夜が更けた。

こういう知的戦慄《せんりつ》にみちた時間ほど贅沢なものがあろうかと思う。科学に限らず音楽でも美術でも文学でもなんでもいいが、何かしらテーマがあるほうが、漫然と集まるより話が深まる。

最近のブームはアフター・ムービー・パーティーだ。映画を観たあとの昂《たか》ぶりを一人で冷ますなんて勿体ないしつまらない。面白そうな映画はなるべく大勢の友達に声をかけ、一緒に観てからぞろぞろ我が家に連れ帰る。ゴア元アメリカ副大統領がプロデュースした「不都合な真実」とか、マイケル・ムーア監督の「シッコ」の二次会なんていったら、地球環境や医療制度という、まさに今そこにある危機がテーマだから、もう全員燃えさかって、その辺のシンポジウムなんて霞《かす》んでしまうほどの盛り上がりようだった。

そんなときおもてなしはどうするのと心配する向きが多いが、パーティーの主役は会話なのだから、ホステスが台所で忙しがっていては本末転倒だ。とはいえご馳走もあるにこしたことはないので、その作戦はまた別の機会に。

20 人生の節目に花と祝杯を

ノッペラボーの人生なんて美しくない。
節目が多いほど、濃密に生きてきた証

「もう幾《いく》つ寝るとお正月」と歌いながら指折り数えていた子供の頃の一年はなんと長かったことだろう。だから人生は無限に続くように思われた。ところが歳をとるほどに時の流れが急になり、恐ろしいほどに加速度を上げていく。三十代も半ばを過ぎると、そろそろ加速に気づき始める。焦っても始まらないのだが、ともかく人生の有限を意識して、悔いなく精いっぱい時間を生かしたいものではないか。

そのために私は節目というものを大切にするよう心がけている。竹は節目があってこそ美しい。人生もノッペラボーでは取り留めがなく、あれよあれよと滑り過ぎていくだけだ。節目が多いほど濃《こま》やかに生きたという手応えを感じられるだろう。

私の父は古い因習を嫌い、格式を重んじる家風にも反抗してリベラルな生き方を貫いた人だが、正月、七草、節分、雛祭り、七夕、お月見などなど、家庭的な伝統行事は大好きだった。普段は家事能力皆無なのに、祭りや祝宴となると俄然《がぜん》張り切り子供たちも巻き込んで大活躍し、家長の面目を発揮した。戦争があったり没落したり、いろいろ大変な時代だった筈なのに、振り返ると節目節目の愉しい記憶だけが夜空の星のようにきらめいて見える。

貧しいとき辛いときほど、せめて祝いごとくらいケチをしないでパーッと華やかに楽しもうという父母の心意気もあったのだろう。

私もその痩せ我慢の美学を受け継いで、貧しいシングルマザー時代も節目の祝いはおろそかにしなかった。子供たちが一番楽しみにするのはクリスマスなので、思いっきり気合いを入れて早くから準備にかかり、大きなクリスマス・ツリーいっぱいに華やかなオーナメントを吊り、その下にはプレゼントの山を築いた。

お金はないから飾りはすべて手造りだし、プレゼントもどうせ買わなければならない日常の必需品ばかりだが、消しゴム一つでもハンカチ一枚でもいちいち綺麗に包んで一言メッセージを添えるのがミソなのだ。毎晩子供たちが眠っている間に着々とパッケージを増やしていくから、数だけはどの家にも負けないプレゼントの大山が出来上がるのである。当時のアルバムを眺めても、とても明日をも知れない放浪家族には見えないし、子供たちもうちがそんなに貧乏だったという自覚がないらしい。

シングルスの年越しパーティー、仲間になりたい人この指とまれ

痩せ我慢といえば、私が好きなアンティークにディプレッション・グラスというのがある。ディプレッションというのは鬱とか恐慌とかいう意味だから、どうしてそんな名前をつけたのかと訝《いぶか》ったものだが、これは一九二九年にニュ

ーヨークの株の急落から始まった世界大恐慌で世の中が暗く沈みきっていたとき、「安ワインでも、せめて綺麗なグラスで一杯やれば気分が晴れるだろう」と思い立った人が作って売り出したグラスだという。

高価なクリスタルなど売れる筈もないから安い型物グラスだが、あでやかなデザインが大ウケし、ディプレッション・グラスと呼ばれて一世を風靡《ふうび》した。ディプレッションといえば、正月や誕生日なんて、かえってディプレスするだけだから忘れていたいという人も少なくない。

老いを忌み恐れる人たちが「歳をとるのがなんでおめでたいのよ」と不貞腐《ふてくさ》れる気持ちもわからないではないけれど、いやでも歳はやって来るのだから、大手を広げて歓迎したほうが、新たに加わった歳もご機嫌麗《うるわ》しく良い仲間になってくれるだろう。

しかし、独身キャリア・ウーマンに多い正月嫌いは、必ずしも歳をとることが理由ではない。優雅に自由を謳歌《おうか》する彼女たちにも鬼門があって、正月はその最たるものだ。日頃はつきあいのいい男友達も、大事な節目は家族優先で、正月ともなれば絶対に妻子のもとに戻っていく。とり残された女は故郷に帰っても「売れ残り」の娘に焦る親の愚痴が煩わしいだけだが、都会のマンションで一人ぼっちで年を越すくらい惨めなことはない。それで海外に逃れる独り者たちを私は正月難民と呼んでいた。私も正月難民だった時期があるから、その気持ちはよくわかる。

私は同じ難民の男とパリで出会って軽はずみな結婚をしてしまった。そして別れたけれど、もう難民には戻らない。夫はなくても十分に子孫は増殖したが、孫たちに囲まれて暮らすなんて私には似合わない。同じように自由なオトナたちと一緒にいるのが一番好きだ。今年の元旦もそんな仲間たちとワイワイ賑やかに迎えたい。大晦日には年越しスパゲッティーを食べてディプレッション・グラスのシャンペンで乾杯しよう。仲間になりたい人この指とまれ。

21

いい女が集う手造りの寺子屋

勉強はしたいときにすればいい、それがオトナの特権だ

学校というものは、どうも好きになれなかった。小学校では没落した別荘族の子として粗野な土地っ子にここぞとばかりいじめられたし、中学はカトリックのお上品なお嬢様校で、躾《しつけ》の枠からはみ出す野生的なお転婆は、厳格な尼さんに疎《うと》まれた。高校は都立の進学校で歯応えのいい優秀な友達に恵まれたのは嬉しかったが、受験志向の勉強は耐え難く退屈だった。それで結局大学には行かなかったし、遂に学校で愉しく学ぶことはないまま終わったわけである。

だから子供ができても教育ママなどになろう筈もなく、言葉遣いや生活の躾

にはうるさくても学校の成績には無関心で、偏差値という言葉の意味も知らずに過ごしてしまった。

しかし四十代に入る頃から、なんとなく勉強したい気分が湧いてきた。その頃、一年間の大休暇を宣言してアメリカの静かな別荘地に移り住んだ私は、普段は敬遠している古典や科学系の本をバサバサ買い込んで行った。横文字ばかりの環境にいれば、縦文字だというだけでも読む気が起こるかもしれないと思ったからである。この思惑は大当たりで、日本にいたら絶対とりつけないような小難しい本を仕方なく読むようになり、読み進むうちに結構面白くなってしまうことが多かった。

そうか、勉強なんて、したいときに、したいようにすればいいのよね、それがオトナの特権じゃない、人生長くなるばかりだし、いくらでも欲張ったほうがいいわけよと思い、歳をとるのが愉しくなりそうな予感が膨らんだ。

あれから三十年、相変わらず怠け者の私だから、そうたいした勉強をしたわけでもないけれど、本から人から自然から仕事から遊びから、少なくとも学校にいたときよりはずっと多くのことを学んだと思う。

そして、あろうことか、今度は自分で学校を作りたくなってしまったのである。学校といっても文部科学省の認可を受けるような正式の学校ではないし、蛍光灯が皓々《こうこう》と輝くビルのホールいっぱいに人を集めるセミナーのようなものでもない。自宅の一隅で昔の寺子屋のような小さい手造りの私塾を開き、志ある小人数の塾生と膝つきあわせて心ゆくまで語り合い学び合い、共にヴィンテージ・ワインのような熟成を遂げたいのである。

マスコミよりミニコミで
本当に伝えたいことだけを語り尽くそう

長年マスコミのお陰で食べてきた私だが、テレビをはじめとする最近のメディアの馬鹿騒ぎには愛想が尽きて、これからはなるべくミニコミで、本当に伝えたいこと、伝えるべきことだけを伝えていきたいという思いが募《つの》った。知識や情報はいやというほど溢《あふ》れ返っているが、この洪水の中で、真実を見極め、大切なものを守るのは難しい。ここで長老の見識が多少は役に立つだろう。

いろいろな講座が考えられるが、例えば「桐島洋子の千夜一夜物語」は私が生きてきた七十年を、「魔都上海の危うくも華麗な幼年時代」から始まって、「バンクーバーの林住期、身体性の恢復《かいふく》とスピリチュアルな覚醒」に至るまで十二回に分け、月に一回ずつ、自分史を中心にしながら日本史と世界史も重ね合わせ、当時の写真や資料も駆使しながら二、三時間語り尽くし、そのあと一時間くらい質問に答えたり塾生の当時の自分史を聴いたりする。

またその時代に心に残った味、例えば「隠し子出産大航海」の回ならマルセイユの港ですすったブイヤベースとか、「ベトナム戦争従軍記者の日々」の回なら最前線の塹壕《ざんごう》の中でかじったコーンビーフ・サンドとかを再現して塾生に試食して頂く。

ときには子供たちにもお礼奉公してもらい、「桐島かれんのインテリア講座」とか「桐島ノエルのアロマ・ヨガ」とか、「桐島ローランドの写真講座」とか若向きの講座も開催できるだろう。

勿論友達も多士済々《たしせいせい》だ。いわゆる著名人はマスコミで書いたりしゃべったりし過ぎて出しがらみたいなものだが、むしろ市井《しせい》の教養人に素晴らしい蓄積があり、それをそのままお墓に持って行かれては勿体ないから、是非私の塾をその伝承の場にして頂こうと思う。

　また有名料理店のシェフに、店では出せないが本当はこんなものを作りたいという料理を語りながら作って頂き一緒に食卓を囲むとか、各国大使夫人をお招きしてその国の生活文化について伺い、自慢料理を教えて頂くとかいった料理講座もいいし、私だって自然健康ダイエット講座ぐらいは担当できる。

　それからプロエイジング（「プロ＝pro- 賛成の、ひいきの」という意味の接頭語で、アンチエイジングに対して歳を重ねることを肯定的にとらえる言葉）も私の重要なテーマの一つだから、頼もしい先生がたを援軍にして月に一回は講座を設けたいし、考え出すときりがない。肝心の場所がなかなか決まらず、奈良の友人のお宅で開いた「出前」の寺子屋のほうが先になってしまったが、お陰でよいシミュレーションができたところで、中目黒に手頃な家が見付かってようやく始動した。名前は森羅万象の「森羅塾」である。

22

甦える アメリカ先住民の霊力と叡知

先住民の相言葉は「ノー・ジャッジメント」

インディアンというのは失礼な呼び方だ。ヨーロッパ人が初めてアメリカ大陸にやって来たとき、先住民がインド人のように肌の色が浅黒いというだけのことで勝手にそう呼んだわけだから。

そもそもコロンブスが新大陸を「発見」したなんていうのもおこがましい話で、紀元前から一千前後の部族が平和に割拠して、質朴な伝統文化を守りながら、エコロジカルに暮らしていた大陸ですよ。そこへヨーロッパで食い詰めた連中が一旗挙げようと続々押しかけてきて、居候の遠慮などあらばこそ、人様の土地を力任せにどんどん分捕っていったのだから、これこそ侵略以外のなにものでもない。

でも子供の頃見ていた西部劇ときたら、桃太郎の鬼退治という感じでバンバン撃ち殺されていくのが先住民で、正義の御旗はいつも白人の側にはためいていた。アメリカ人の「正義」って怖いんだよね。

そんな白人とは対照的に、先住民の合い言葉は「ノー・ジャッジメント」で、たかが人間ごときが正邪善悪をきめつけたりするのは傲慢《ごうまん》なこととして戒《いまし》める。清濁併せ呑むというか、悪く言えばいい加減でもあるのだけど、人間の分をわきまえた謙虚で寛容な人々なのだ。

そこをまた白人につけこまれて肥沃《ひよく》な父祖の地を追い出され、不毛な荒れ地のインディアン居留地に押し込められてしまったわけだが、それはとうに時効の昔話と思いきや、最近になってもまだ迫害は続いている。居留地としてあてがったアリゾナの砂漠に地下資源の大鉱脈が発見されるや、再び住民を追いたてた。

今度は武力の代わりに悪知恵を駆使して、一九八六年には一万二千人のナバホ族を、政府指定の代替地に移住させたが、なんとそのそばにウラニウムの廃棄所があり、たちまち放射能被曝者が続出し、白血病や心臓病のために夥しい数の住民が死んだという。いまだに立ち退きを拒んで頑張っている先住民を訪ねたことがあるが、水も電気も絶たれて孤立した悲惨な極貧生活に胸を突かれた。

一方白人文化の押しつけに反抗し、禁止されていた儀式の復活に成功したりして、本来の文化を取り戻しつつある伝統派先住民が近年着々と数や勢いを増している。

彼らと親しくつきあうようになって感心するのは、霊感ともいうべき強い直観力と、自然との深い関わり合いである。彼らの祈りが偶然とは思えないほどの頻度で天候を左右するのを目撃したし、長老を中心にした伝統儀礼や集会に参加する度に、魂の深部に届く癒しがあり、最新の心理学や精神医学が子供じみて見えるほど熟成した先住民の叡知を感じる。祖先たちの言い伝えも、現代文明の危機をまるで未来に先回りしたように的確に予言し警告している。この間も日本に木材を輸出するため丸坊主にされた森を見てゾッとしながら、その地の先住民の言い伝えを思い出した。

「森が天を支えている。もしも樹々が斃《たお》れたら、世界の屋根である天が崩れて、人類は森と共に滅びる」

溢れる愛と深い感謝の祈りに
皆の心が一つに融け合った

今月は私の寺子屋「森羅塾」に、アメリカ先住民のメディスン・ウーマンで、熱心な平和運動家でもあるマリリン・ヤングバードさんを迎えることができた。

我が家に泊まった翌朝、「とてもセンセーショナルな夢を見たわ。金髪の美青年と出会って激しく愛し合ったの。二人とも失恋の悲しみの血がハートに溢れてたのに、それが突然合流して沸騰したみたいに」と語るのを聞いて驚いた。数日前に泊まったフランスのカメラマンと特徴がぴったり一致するし、彼は恋人と別れたばかりだったのだ。先客のことなど全く関知しないのに、ベッドに残された彼のエネルギーを読み取ったのだろうか。そんな不思議なことがときどきある人なのだ。

　彼女の講座はほとんど瞑想と祈りに終始するので、別にスピリチュアル系とはいえない塾生が違和感を覚えないかと思ったのは余計な心配で、あらゆるものに溢れる愛と深い感謝を捧げるマリリンさんの美しい祈りの言葉にたちまち引き込まれ、ミタクオヤシン、すべては一つという先住民の合い言葉そのままに、皆の心が一つに融合した感動的な祈りの時間が過ぎていった。

　すべてをポジティブに受容する彼女は「怖れないでください」と繰り返し、怖れこそが、怒りや憎しみを育てると言う。初めはあまりぴんとこなかった言葉だが、九月一一日の事件からイラク戦争に至るまでの、怖れと怒りと憎しみの連鎖をながめながら、ふっと腑《ふ》に落ちたのだった。

　今回の滞在中に起きたアメリカの経済危機にも彼女は全く動じない。

「ああいう貪欲なマネー・ゲームのシステムが崩壊するのはむしろ大歓迎よ。もし大恐慌が起きたら、皆大変な苦労をするでしょうけど、私は怖くない。じゃが芋と水だけの食事でも楽しめるし、車もテレビも電話も無ければ無いでサバサバするだろうし、皆で助け合い分かち合い、僅《わず》かな薪の火を囲んで団欒する生活、つまり白人が消費文明を担ぎ込む前の簡素な生活に戻ればいいんだもの。地球もそのほうが元気になると思うわ」と、あくまでもポジティブなのである。

第4章

自分を愛《いとお》しむ健康法

23
陰険な病魔が女の幸福に嫉妬する

乳癌は先手必勝、
検診を怠らずに素早く芽を摘もう

新しい年に、私が無事生かされて在ることに感謝しながら、道半ばで去らなければならなかった人々の無念を想わずにはいられない。

アメリカの新聞には有名無名を問わず市民の死をすべて告知する訃報欄があり、私は時折それをながめては見知らぬ人々の人生に思いを馳せる。パスト・アウェイ、つまり「逝《い》った」という穏やかな言葉が使われるのは十分に生きた老人だけで、青年や壮年の死だと、戦死や事故死は勿論のこと、病死でもキルド、つまり殺されたという禍々《まがまが》しい表現が多い。その殺し手としてダントツに目立つのは癌なのだ。

日本でも少なからぬ知人友人が癌に殺された。特に心が痛むのは女ざかり働きざかりで、乳癌に斃《たお》れる人が増えていることである。

恋人の海外赴任を機に結婚し語学の勉強に励んでいた二十代の美容師も、育児のために退職し自宅で開いたパソコン塾が盛況だった三十代のシングルマザーも、言語感覚の冴えを認められ重要なクライアントを任されたばかりの四十代のコピーライターも、子育てを終え第二の出発をめざして学士入学した五十代の主婦も、退職後に途上国援護のボランティアで出会った同志と結婚した六十代の看護師も……もう誰もこの世にいない。

彼女たちは、予想もしなかった乳癌で、あっけなく生命と夢を奪われてしまったのである。まさにこれからという人生だったのに、どんなに口惜しかったことだろう。

その誰もが初めは「なぜ私が」と驚き、後から「もっと早く見つけていたら」と悔やんだことで共通している。癌は堂々と門を叩いて乗り込んでくるわけではない。人目を忍んで物陰に棲みつき、黙々と地歩を固め版図を広げていく陰険な奴なのだ。特に乳癌をはじめ子宮体癌や子宮頸癌など女性特有の癌は、私が知る限り有能で意欲に溢れた魅力的な女性を狙い撃ちしている。まるで女性の幸福に嫉妬しているかのように。

こんな不気味な病魔たちが手ぐすねひいてカモを物色しているというのに、日本の女性たちはあまりに脇が甘過ぎる。乳癌は、早期発見で素早く芽を摘んでさえしまえば、ホクロをとった程度のことで済むのだが、その機を逃すとどんどん黒い翼を広げて死神にまで成長するのにさして時間はかからない。

婦人科の検診を恥ずかしがるのは、幼稚過ぎて羞恥心とさえ言えない

しつこく言うが乳癌は先手必勝なのだ。しかし日本の乳癌検診率は異常に低く、なかでもマンモグラフィー検診となると世界最低の五・六パーセントで、八三・六パーセントのスウェーデンや八八・五パーセントのフランスとのあまりの落差に唖然《あぜん》としてしまう。いったいこれはどういうことなのだろう。日本

女性は慎ましく羞恥心が強いので、子供を産むときでもないと、婦人科の敷居をまたぎにくいのだと弁護する人もいる。

羞恥心なんてものがまだ日本に残っているのなら、援助交際で小遣い稼ぎをしたり電車の中で化粧したりすることにこそ恥じ入って穴に入ってほしいが、婦人科の検診を恥ずかしがるのは幼稚過ぎて羞恥心とさえ言えない。肉体は神の恩寵であり、それを変に隠したり粗末に扱ったりするほうがよっぽど恥ずかしい。

ルーブル美術館で壮麗なギリシャ彫刻の間に佇み、健康美に輝く見事な裸身をながめていると、女性の身体がつくづくと誇らしく、これを大事にしないでなんとするという思いが湧き立つのである。

ところが、ファッションやコスメに関する知識と情熱は凄いのに、その主役であるべき自分の身体については驚くほど無知で、当然健康の本質も病気の正体も知らない女性が多いのだ。

これをなんとかしなければという焦りを募らせているとき、フランスで女性の乳房を意味する「オサン・デ・ファム」との出会いがあった。これは乳癌、子宮癌をはじめとする女性の病気の予防や援護を中心にしながらも、さらに心身のすべてを視野に入れて幅広く健康増進をサポートしようと、熱い志を共にする医療のプロフェッショナルと乳癌体験者たちによって結成された頼もしいＮＰＯである。

その代表であるベランジェール・アルナール博士は、惚れ惚れするほど格好いい婦人科の名医で、お洒落で美食家で当然素敵な恋人もいて、緑豊かな庭を臨む彼女の診療室は、おびただしい絵画や骨董がひしめき、病気のことなど忘れるほど居心地がいい。

自然も文化も人間も存分に楽しむエピキュリアンだからこそ、すべての女性たちに健康な人生を謳歌してほしいと願わずにはいられないのだろう。禁止や禁欲ばかりの健康運動では到底ついていけないが、エピキュリアンが率いるオサン・デ・ファムなら私でも仲間入りできるし、友達もどんどん誘い込みたくなる。

フランスは市場を歩く度に豊穣な大地の恵みに圧倒される農業大国だから、植物の力を活かした自然療法が盛んで、それは快楽とさえ思えるほど優しくさわやかだ。その情報や技法を豊富に蓄積したオサン・デ・ファムは、疲れた日本の女性たちにとっても、快い癒しの森になるかもしれない。

というわけで日本にもオサン・デ・ファムの支部が作られた。私が一応代表理事で、アルナール博士の愛弟子の森田敦子さんが副代表だ。彼女はＡＮＡで乗務中に倒れ、長い入院生活で現代医学に疑問を感じたことから、伝統医学や自然療法に惹かれ、パリに留学して植物療法士になった。一度はキャリアも人生も崩壊の危機に瀕《ひん》するという地獄を見た人だから、健康への情熱は半端ではない最強の同志である。

貴女もどうぞお仲間に。

24 帰ることのない旅立ちの美学

「つひにゆく道とはかねて聞きしかど
昨日今日とは思はざりしを」

極めて健康で病気らしい病気をしないまま古稀《こき》を迎えてしまった私は、病気や医療に関する教養が欠如していて、病人への思いやりにも欠けるところがあった。

それは自分自身に対しても同じことで、ちょっとくらい具合が悪くても大丈夫、大丈夫と頑張り通してきたが、七十を超えると流石《さすが》に免疫力が落ち、この冬には「たかが」とみくびった風邪をひどくこじらせた。ほとんど息ができなくて、このまま死ぬのかと思うほど苦しく恐ろしい夜を過ごしていたとき、心配した友人のドクター樋口佳奈子さんが訪ねて来てくれて「持つべきものは医者ともだち！」と、日頃の医者嫌いを反省したものだ。

また、父も母も七十代で亡くなったことだし、私もそろそろ死ということを視野に入れて、しかるべき準備をととのえておくのが人生のたしなみではないかとも思った。

文学でも哲学でも、死は常に重要なテーマだから、死についてさんざん読んだり考えたりしているし、実際にも次々と知人が死んでいくのに、自分が死ぬという実感はなかなか湧かないものだ。在原業平が臨終の床で詠んだ「つひにゆく道とはかねて聞きしかど昨日今日とは思はざりしを」という辞世の歌が、ほとんどの人の心境なのだろう。

宗教的信念の持ち主以外は、その道の先に何があるのかさえわからないまま旅立つわけだから、思えば大胆なことである。旅慣れた私も、帰ることのない究極の旅ともなると流石に心配で、納得できるナビゲーションを求めて量子物理学からいわゆるスピリチュアリズムに至るまで、さまざまな知識を漁り経験も重ねてきた。

死が終わりではないという個人的感触はあるものの、責任をもって断言するだけの確証は何もないし、結局どちらでもいい、この生にベストを尽くして、しっかり生ききればいいのだと思っている。

苦労と献身の人生の最後を締めくくった叔母の見事な準備

そんなことを考えている折も折、叔母の死を電話で報《しら》された。その叔母、大瀬うた子のことは前にも（「危機管理への心構え」の項）書いた。アフリカの僻地で伝染病撲滅に献身した医師の妻として三十年あまり壮絶な労苦を共にした彼女は、夫の死後、僅かな年金を内職で補いながら気丈に一人暮らしを続けてきたが、二〇〇八年、駅のトイレで他人の転倒の巻き添えで頭と腰に大怪我をした。事件の張本人はゴメンナサイの一言もなく逃走し、その場に居合わせて化粧直しに余念のなかった数人のＯＬも、「助けてください、救急車を呼んでください」と血の海に倒れたまま懇願する叔母を冷たく無視してそそくさと出て行ってしまったというのだから、一体なんという女どもだと、今でも思い出すと怒りに震える。

それから長く苦しい療養も虚しく、叔母の衰弱は進んで遂に生命尽きたのである。あの苦労と献身の人生の最後に、こんな報いはひど過ぎると、私は口惜しくてたまらないが、「被害者になるほうがマシよ」と叔母は達観していた。加害者や傍観者では、あの世で叔父に顔向けができないというのだ。

叔母の死に顔は生前より穏やかに澄みわたり明鏡止水という言葉を思い出させた。そして死の準備も完璧だった。立つ鳥跡を濁さずもいいところで、残された部屋は見事に整理整頓され、正式な遺書をはじめ、入院時の連絡先や死亡時の通知先リスト、延命治療拒否の書類、献体登録証、各種支払いリスト、通帳、印鑑などが一目瞭然に用意されていた。厳格な人だったから、その遺言は厳格に守らねばなるまい。まず献体だ。指示どおりただちに東海大学病院に電話すると、草木も眠る丑三《うしみ》つ時だというのに打てば響く応対で、二時間後には迎えの車が到着し丁重に遺体を引きとってくれるではないか。

葬儀、告別式など一切無用と厳重に申し渡されているとはいえ、これでサヨナラではあんまり簡単過ぎないか、他の人からお別れをしたかったと文句を言われるのではないかと心配したら「御遺灰をお返しするのは一年くらい先になると思いますが、これから三日以内なら御遺体とのお別れも可能です」ということで急遽翌日に東海大学病院で身内だけの送別会をすることになった。

葬儀社など関係なく病院側ですべて用意してくれたその送別会は、実に簡潔で清々しく、真心のこもった会で、これまでに経験したどんな葬儀よりも感動的だった。実は僧籍に在るという解剖学の教授から「故人の御遺体で学ばせて頂く学生たちにも参列をお許しください」というお申し出があり、勿論喜んでお受けしたら、白衣の若い医学生たちが、一人ひとり進み出ては叔母の顔をじっと凝視《みつ》め、深々と礼拝してくれた。

その教授が感謝のスピーチで献体の意義を語られた中で「リボーン」という言葉が強く心に響いた。「私も献体でリボーンしたい気持ちになりましたけど、老いさらばえてからの身体でもお役に立つのですか」と訊ねたら「むしろそのほうが有り難いのです。肉や脂肪がいっぱいの若い肉体より、基本的なところだけが残っていて明快ですから」ということだった。献体、お勧めです。

25

魔女たちの健康術

時々ふらりとやってくる「風魔女様」のご機嫌を損ねてしまった

風邪のことを私は風魔女様《かぜまじょさま》と呼んでいる。彼女は年に一、二回ふらりと飛来しては、身体の戸締まりである免疫力をチェックしながら、五臓六腑の調整と浄化をしてくださる有り難い巡察使なのだ。

整体の「神様」として私が畏敬する故・野口晴哉《はるちか》氏も「風邪が通過すると顔色が透き通り、濁りがなくなる」「風邪をひかない人は突然バタリと倒れる」「風邪を活かせ」などと、しきりに風邪の効用を説いておられた。

熱も咳も必要があって魔女様が携えられた箒《ほうき》なのだから、その活躍に敢《あ》えて逆らわず、ただ暖かく安静にして昔ながらの生姜湯《しょうがゆ》でも飲んでいればよろしい。と、重々承知している私としたことが、今回やむを得ぬ仕事のためとはいえ、解熱剤や咳止めで身体をだましだまし無理やり出歩いて、すっかり風魔女様のご機嫌を損ねてしまった。

ここまでこじらせては致し方なく、普段滅多に近寄らない病院をしぶしぶ訪れた私は、待合室いっぱいに犇めく人の数に「ええっ、何か物凄い伝染病でもブレイクしてるわけ？」とたじろいだ。でもよく見たらそんな切羽《せっぱ》詰まった様子はなく、物慣れたご常連という感じの方々が羊のように従順にえんえんと順番待ちをしているのだった。

何時間も待って数分間の診察を受け、馬草《まぐさ》のようにガバッと薬をあてがわれて帰る患者様（と猫撫で声で呼ぶ病院が増えているようだ）の多くは、ちょっとしたことでも、ともかく病院に行かないと不安な病院依存症らしい。

しかし依存しているのは患者様だけでなく、病院のほうもいつもいっぱい患者様を集めて検査漬け、薬漬けにしなければ経営が成り立たない患者依存症なのだ。さらにその背後には新鋭医療機器や大量の医薬品を病院に使わせなければばならない巨大な医療関連産業と、その産業の援護なしには学会の運営も病院の経営もおぼつかない医学界との深い依存関係がある。

養生は人間丸ごと、周りの大自然もろとも大切にする

「依存できるだけいいじゃない。日本って優しい国なのよ」と言う人もいる。たしかに重病人が放置されたまま死んでいくような極貧国から見れば日本は天国だ。世界一豊かなアメリカでさえ、貧しいものに医療の門は極めて狭い。いつか急病の友人を病院に連れて行ったら、もがき苦しむ病人を待たせたまま、まず支払い能力の有無を問いただす。さいわい私のクレジット・カードが有効だと認められたからいいようなものの、金のない病人は門前払いなのだから恐ろしい。

それにひきかえ国民皆保険の日本はいつでもどこでもウェルカム患者様だから取り敢えず安心だ。そして医療技術の進歩はめざましいし、最新鋭の機器や

強力な新薬も次々と登場する。それでいて何故か病人は全然減らず、医療費は肥大するばかりで、今や年間三十兆円、国民健康保険は既に破綻寸前なのに、二十年後は六十兆円にも達するといわれている。ぞっとするでしょう。

最近も自己負担率が上がって病人は大変だが、健康だって健康保険料は上がっていく。私のようにほとんど医者と縁のない健康人間でも国民健康保険料の最高額（年間五十三万円）を長年払い続けているのだ。本当の援《たす》け合いのためなら、それなりの出費にも耐えようが、過剰医療や企業の金儲けの論理や患者の甘えまで巻きこんで雪だるまのように膨らみ続けるこの巨大な依存構造はあまりに阿呆らしく、そして危うい。

それにしても、こんなにお金を使うのなら、病気のためではなく、健康のために使いたいと思わないのだろうか。これは決して同じことではない。常日頃から養生を心がけ、自然治癒力を蓄えるという道もあり、このほうが安上がりでありながら、人生の質は高いのである。

身体を細分化し機械の部品のように修理したり取り替えたりする近代西洋医学は、どんどん専門化し木を見て森を見ない傾向が強いが、養生は心や魂を含めて人間丸ごと、周りの大自然もろとも大切にするライフスタイルで、食養をはじめ漢方、鍼灸、指圧、気功、瞑想、湯治、ヨガ、アロマテラピー、フラワー・エッセンスなどなど援軍に不足はないし、そのいずれも気持ちがいいのだから嬉しい。

昔は病院などなかったが、子供の具合が悪ければ、今も残る手当てという言葉のとおり、母の手が自然に患部に触れ、それが結構効いたのである。薬草に詳しく、まじないを能《よ》くするヒーラーもあちこちにいた。それが魔女として火あぶりにされた時代もあったが、いまや魔女復活の時代で、私の周りも魔女だらけだし、私自身魔女道に励み、自分と家族の健康ぐらいは守れるようになろうと志している。貴女も魔女になりませんか。

26

私は歩く、ひたすらに歩く

ウォーキングの運動効果は、
脳の老化を防ぎ、更年期障害も抑制する

私は歩く人である。

走る人でも登る人でもないので、周りに多いジョギング派や山派の元気印たちから「ヤワだねえ、ただとろとろ歩くだけじゃ、なんの運動にもならないでしょ」などと長年バカにされてきた。でも連中が私に比べて特にグッドシェイプだとも思えないし、ともかくガンバリズムは林住期のポリシイに反するから、御苦労様と横目にながめて、マイペースで歩き続けてきた。

それがこの頃急速に風向きが変わってきて、ウォーキングこそが最も身体に優しく簡単でしかも効果的な健康法として関心を集めているではないか。

「ジョギングの神様」として絶大な影響力を揮《ふる》ったジェームズ・フィックス氏が、あろうことかジョギング中に突然死してしまったことも、ひとつのきっかけらしい。さらに登山となれば、多少の危険がともなうのは当然で、数年前も真夏の山登りツアーに気軽に参加したシニアが装備不足で凍死するといういたましい遭難事件が話題になった。

やっぱり私は身の程をわきまえてウォーキングに徹しよう。でも果たしてどの程度の運動効果があるのか気になって、スポーツ医学の第一人者で多くの一流スポーツマンに父のように慕われている平石貴久《たかひさ》医師に伺ってみる。

ウォーキングは足腰を鍛えるだけでなく脳にまで及ぶ立派な全身運動だと言われて、近頃記憶力の低下が著しい私は「ええっ、脳にも効くのですか」と色めきたった。二十歳を過ぎると毎日十万個以上の脳細胞が壊れていくが、歩くことで大脳神経に直結している脚の緊張筋繊維が脳に刺激を与え、脳の働きを高めて老化を遅らせることができるというのだから、これだけでもせっせと歩かずにはいられない。

さらに、歩くことによって体内の自律神経コントロールがスムーズに働き、生体機能が高まって、あらゆる器官の働きが活性化するし、ホルモンの分泌も活発になって更年期障害も抑制できる。また、腹式呼吸をしながら歩くことで血流量が増大し、身体全体の新陳代謝がよくなるし、横隔膜が活発に上下して腸の蠕動《ぜんどう》を促すので、便通もよくなる。

そして当然減量の味方でもあり、心拍数が最大心拍数の六〇パーセント程度の楽な呼吸で歩くことが効率のいい有酸素運動になり、脂肪の周りに酸素が集まって十倍以上の脂肪が燃え上がる。わーい、ウォーキングって凄い。歩くのが好きでよかった。

全身に五百ぐらいある筋肉の三分の二が下半身に集中しているが、上半身の筋肉に比べて下半身の筋肉は二倍の速さで老化が進むので、始終使って筋肉の衰えを防ぐ必要があるという平石先生のご注意も肝に銘じよう。

車よりも足をたのむことで自分が変わる、世界も変わる

しかし、歩くことは健康法だけにはとどまらない。そのエコロジカルな、そして文化的な側面も重要なのだ。

まず、歩くことが最もエコロジカルな移動法であることに異論はないだろう。自慢ではないが、いや、今なら自慢していいかもしれないが、私は車を運転したことがないし、当然マイカーも持っていない。車は現代社会に不可欠な存在だが、これは必要最小限にとどめるべきで、誰も彼もが自分で車を持ったり転がしたりしていたら、やがて資源も環境も破綻することは明らかだ。

若い頃に宇沢弘文《ひろふみ》東大名誉教授の名著『自動車の社会的費用』(岩波新書)を読んで、それがよくわかり、せめて私はご遠慮し、歩けるところは歩き、長距離には公共機関を使おうと誓ったのである。

とはいえドライブも大好きなので、パッセンジャー(乗客)道を究め、とき

には人様の車に便乗してナビゲーションとか窓拭きとか多少のお役に立つよう努めている。また、同乗者になるだけでも、カナダやアメリカでは走行レーンの選択が有利になる「カープール（車の相乗り）」や、車の社会的費用の軽減に貢献しているわけだから、マイカーなどなくても大きな顔してドライブを楽しめるのだ。

　歩くことはまた文化的行動でもある。私は旅先のホテルに着いて荷物を置くなり、ローカルな地図を握って街に出て、路地から路地へとひたすらに歩き回る。それまで鳥の目で見ていたポイントに急降下して、虫の目でぐんぐん細部に入り込んでいく快感はこたえられない。半世紀も世界を旅しているとさすがに初めての場所は少なくなったが、街は生き物だからそのたびに新鮮だ。

　とりわけパリ、ロンドン、フィレンツェなど重厚な歴史のある街ほど、無数の襞《ひだ》の一筋一筋に物語が詰まっていて飽きることがないし、そのときどきのファッションにも懐《ふところ》を開いて若さを補給しながら、決して制圧はされず守るべきものを守っているから、外国でも故郷のように懐かしい。

　近頃は森歩きにもはまっている。これこそ最もディープな故郷だといっていいだろう。

一番お馴染みのバンクーバーの森は、遊歩道以外は一木一草手をつけず自然に任せた原始林で、老い朽ちたり落雷に打たれたりした倒木はそのまま苔むし、その上に根付いた若木がみずみずしい葉を茂らせる。逞しい生命の循環を目の当たりにしながら、濃密な大自然のエネルギーに包まれていると、私も自然の一部なのだということがしみじみと腑《ふ》に落ちる。

落ち葉が積もった柔和な道を踏みしめるたびに母なる大地の励ましを感じるのである。

27 ダイエット・ブームとの賢いつきあいかた

脂肪を減らすより、
筋肉をつけることが先決

ダイエットが今や巨大な強迫観念となって日本を覆っている。衣食足りて礼節を知ったとも思えない私たちだが、衣食余ってダイエットは知ったわけである。ただし本来は広く食餌《しょくじ》療法や食養生を意味するダイエットが、すなわち痩身や減量のことだと思い込まれてしまった。

これまでどれだけのダイエット法が流行り、どれだけのダイエット本が売れたか数えきれないが、一向に肥満はなくならない。ダイエット・ブームというのは皮肉にもその敵なる脂肪とそっくりで、これでもかこれでもかと不死鳥のように甦り、それにひっかかるカモも尽きないのである。

そもそもヒトが長い歴史をサバイバルしてきたのは、体内にエネルギーを蓄積することができたからで、それを支える倹約遺伝子と呼ばれる生存メカニズムのお陰なのである。

蓄積と消費がギリギリのバランスで太る余裕など与えなかった原始時代から、いま飽食の時代に変わったからといって、倹約遺伝子がお役御免で消え去ったわけではない。三千年に一つぐらいしか遺伝子は変わらないのだから、ダイエットとは原始以来の生存の仕組みそのものへの挑戦であり、次々登場するファッションのようなダイエットがあえなく泡と消えていくのは当然のことである。

体内に蓄積し過ぎたエネルギーの運動による消費は知れたもので、一時間走るぐらいのエネルギーは一口のご飯で賄《まかな》える。だからといって運動なんかしても始まらないと不貞腐《ふてくさ》れるのも間違いで、やはり運動には十分意味がある。運動によって筋肉が炎症を起こし、これを修復するためにエネルギーが使われ、運動前よりは余分の筋肉がつく。この筋肉は起きているときも寝ているときも一定のエネルギーを消費してくれる。これが基礎代謝というものである。

だから痩せるためにはまず筋肉をつけることが第一目標だ。私の別宅があるカナダは健康志向が強く、フィットネス・スタジオ通いを習慣化している人が多いが、日本のように太ったの痩せたのと体重ばかり気にする人はついぞ見かけない。バランスよく引き締まった身体にするのが目的で、筋肉をしっかり鍛える運動が中心だ。しかし日本ではともかく体重を減らそうという過激なダイエットが多い。

食べなければいいと思ったら大間違いで、飢餓に最も影響を受けるのは肝心の筋肉なのだ。筋肉は簡単にみるみる細っていくのだが、同時に減少する脂肪の量は知れている。

また急激なことには補正反応も大きく、飢えのストレスからドカ食いに走ることが多いし、エネルギー消費の頼みの綱たるべき筋肉は既に萎《な》え細ったあとだから、ドカ食いしたものの大半は脂肪としてドカッと蓄えられる。これがリバウンドの実態で、つらいダイエットに耐えた挙句《あげく》にかえって太るという、世にも阿呆らしい物語があちこちで繰り返されている。どうしてこうも闇雲《やみくも》に痩せたがる人が多いのだろう。

シェイプアップの目安は、好きな男の前を裸で横切れるかどうか

勿論肥満がいいわけではない。アメリカの客船で、とんでもないスーパー・デブの大群がユッサユッサと脂肪を揺らしながらのし歩く光景に目を剝いたが、彼らは飛行機の座席に尻がはまらないから船で旅をするらしい。それで少しは反省や努力をしているのかと思いきや、船上は食べ放題なのをいいことに大皿に山のように盛り上げたご馳走をきりもなしにお代わりしては食べまくっているのだ。ここまで自堕落になっては救いようがない。

しかしその光景にも増してゾッと身の毛がよだったのは、ファッション・モデルたちのガリガリ写真で、それは骸骨《がいこつ》に皮がこびりついているだけといっていい凄惨《せいさん》な代物だった。ヨーロッパでファッション・モデルの痩せ過ぎに規制の動きが出てきた頃である。

その規制に反対する某デザイナーが「あれは女性じゃない、人間でもない、マネキンなんだ」と吐き捨てるように言うのを聞いたというフランスの女性記者は「彼はどうせ男しか愛さない男なんだから、女の肉体なんて眼中にないのよ。自分がデザインしたドレスを綺麗に見せるハンガーであればいいわけ。でもそんなオカマたちの身勝手な美意識のために女たちが身を削ることはないじゃない」と憤慨していた。

私や同世代の女たちが下腹部の脂肪を気にし始めた頃には、好きな男の前を裸で横切れるかどうかを基準に節制を心がけたものだった。

当時の男友達に今更ながらアンケートしてみたら「ぷっくり、ふっくらはキミたちが気にするほど抵抗なかったよ。でも骸骨が前を横切ったらスッ飛んで逃げるけどね」とのことだった。

まあ何事もほどほどが一番である。

28

食の安全は自分で守る

デパ地下を歩くと感じる
「ワクワク」と「イライラ」

世界に類のない日本のデパ地下を歩いていると、ワクワクしている私とイライラしている私との相克《そうこく》が始まる。食いしん坊としては当然ワクワクしないではいられないが、あんまりなんでも有り過ぎるから目移りしてくたびれる。翻《ほん》弄《ろう》された欲望が萎えていくにつれ、批判精神が首をもたげるのだ。

サラダやお浸しまで出来合いを買うなんて、そこまで手間暇《てまひま》惜しむ人が、なんでデパートまで来るわけ？　どんな兎小屋だろうが台所ぐらいあるでしょうがとか、惣菜売り場でまずイライラする。

高級料亭やレストランがいかにも玄人《くろうと》っぽく取り澄ました料理を出品しているのは「ウチの敷居はまたげない庶民でも名店の味に手が届きますよ」と言わんばかりで、さらに気に障る。勿論、ご常連がお店で召し上がるものと同じ味であるはずもないのにね。

名店といえば、二〇〇八年に起きた「船場吉兆」の偽装発覚はザマアミロという感じだったが、それ以上にザマアミロなのは、有名ブランド好きの素直なカモたちだ。

それにしても、出るわ出るわ、お調子乗りのマスコミは次から次へと「偽装」の魔女狩りに熱中する。

まあ、たしかに嘘はいけないことだから、お灸を据えるのはいいけれど、それで多量の商品が回収されたとか廃棄されたとか聞くたびに、ああ勿体《もったい》ない、アフリカでは毎日大勢の子供が餓死しているというのに、食べられるものを捨てまくる罰当たり、驕《おご》れる日本は久しからずだと心が疼《うず》く。

だからその前年に「赤福」の賞味期限改竄《かいざん》が騒がれたとき、「アンコが勿体なくて」という菓子職人さんの呟きに、私はひそかに共感したものだ。

野蛮でけっこう。五感こそ、人間生存の基本ソフトなのだ

私は賞味期限ごときに呪縛されるほどヤワじゃない。有り難い頂き物が多い家だが、外食や旅行も多いので、ふと気がつくと賞味期限切れになっていることがしょっちゅうだ。せっかくのご厚志を無にしては申し訳ないから、嗅いだり舐めたり齧《かじ》ったりして点検するが、悪くなっていることなど滅多になく、ちゃんと美味しく食べられるし、それでお腹をこわしたことなど一度もない。

ところがうちの娘などは、賞味期限を一日でも過ぎるともう毒物扱いで、平気で食べる私を野蛮人扱いする。ええ、野蛮ですともさ、昔からこうして自分の五感で食の安全を確認しながら八十年間無事に生きてきたんだよ。

視覚、嗅覚、味覚、触覚、聴覚こそ、人間の生存のソフトなのに、今どきの文明人は、五感よりも賞味期限だのブランドだのを信じる。そして騙されるとキイキイ騒ぎ、いよいよ神経質に眼を三角にして賞味期限を睨《にら》み、よりよいブ

ランドを求めてグルメ情報に引きずり回される。

悪評さくさくの『ミシュランガイド東京』もたちまち売り切れたというし、付和雷同というか他力本願というか、信じるべき自分をもたない連中は、すっかり業界に舐《な》められて怪しい食品や添加物をどんどん胃袋に送り込まれるのだ。安売り競争を喜ぶのもナイーブすぎる。安く売るためには、長く持たせる防腐剤や色よく見せる着色剤の多用は勿論のこと、かさを大きくする保水とか、艶出しのワックス噴射とか、あらゆるテクニックを駆使する魔術師が背後で活躍しているのだ。

オトナの悪食《あくじき》は自己責任だとしても、子供の食環境のひどさは許しがたいものがある。まず砂糖と油をとり過ぎだ。砂糖は一日七〇グラム以下に抑えるべきなのに、毎日ガブ呑みするジュース類は缶一つだけの糖分でも二五グラムあるし、ぼりぼり食べるスナック菓子はほとんど揚げ物で、酸化した油にまみれている。子供の膵臓《すいぞう》は健全なので過剰な糖に対抗してどんどんインシュリンを出すのだが、勢い余って低血糖になり、それでアドレナリンが分泌されて攻撃的になり、キレる子が増えるのだ。おお怖い。

胃袋一たび家を出れば七人の敵がいるというご時世なのだから、せめて買い食い、外食をなるべく避け、家庭の台所でちゃんと手をかけ心をこめて食事やおやつやお弁当を作るのが今やなによりも大事な親のつとめだろう。そういう真面目な親には有機、無農薬にこだわる人も多く、それは勿論いいことだが、完全な有機、無農薬などまず有り得ないと思ったほうがいい。

ともかく野菜はよく水洗いしよう。中国野菜ばかりが目の敵にされているが、産地直売所で売っているような見るからに純朴な国産野菜さえ、次亜塩素酸ナトリウムの希釈液で殺菌してあることが多い。ぐったり萎《しな》びた野菜も、その洗礼でシャキッと身を起こし、緑鮮やかに生き返るそうである。カット野菜やフルーツのパックなどが、しっかりそのお世話になっていることは言うまでもない。

しかしそんな心配どころではない日も来るかもしれない。なにしろ食料自給率が四割を切っている日本ですよ。石油危機で輸送がストップでもしようものなら、飢餓列島になるのに時間はかからないのだ。

29

呼吸をおろそかにしていませんか

人生は産声の「呼」に始まり、
臨終の「吸」で終わる

お正月、おめでたかろうが、なかろうが、大統領だろうがホームレスだろうが、世界中の人間が年の初めに真っ先にすることは例外なく呼吸と決まっている。

また、すべての人生は「呼」で始まり「吸」で終わる。母の羊水から空気中に出たときに産声として息を吐き出すのが最初の「呼」で、臨終のときに息を引き取るのが最後の「吸」である。そしてその呼と吸の間に無数の呼吸が絶えることなく続くのだ。

食を断っても数十日生き延びる人はいるし、水まで断っても数日はもつが、呼吸を断ったら数分で死ぬ。つまり呼吸こそ生命を繋ぐ頼みの綱で、人生そのものだと言ってもいい。しかしこれほど重要な呼吸をおろそかにしている人が多い。

呼吸は自律神経によってコントロールされているので、別に意識や努力を必要とせず、放っておいても眠っていてもオートマティックに繰り返されるが、呼吸の品質コントロールまでは必ずしも行き届かず、いつの間にか質の悪い呼吸に堕落していることもあるから油断大敵だ。

私は街や電車やバスの中で、しばしば人間観察で暇つぶしをしているが、締まりなく半開きの口から、浅く短く力のない呼吸をよだれみたいに垂れ流している若者がやたらと目につき、「金魚じゃないんだから、空気は鼻で吸いなさいよ」とイライラする。

こんな吸気では、肺がいっぱいになるはずがない。せっかく夥《おびただ》しい肺胞と肺毛細血管が、新鮮な酸素を全身の細胞にじゃんじゃん送り出すべく待機しているのに、肺尖《はいせん》にちょろちょろっと届く程度の貧弱な呼吸で肩すかしとは、なんと勿体ない、罰当たりなことではないか。実際、罰は当たるのだ。十分な酸素が供給されないから、彼らは慢性的な酸欠状態にあるといっていい。だから頭が冴えない、疲れる、キレやすい、免疫力が低下する。

心と身体を繋ぐのが呼吸。深くゆったりした呼吸を心がけよう

急に話が変わるが、羽衣の伝説で名高い静岡の三保《みほ》の松原がいま枯れ始めている。能楽「羽衣」の縁で、松の救援活動に関わっている大鼓《おおつづみ》奏者の大倉正之助さんが独特な蘇生術で注目されている樹医、福楽善康《ふくらよしやす》さんを紹介し、危機的な松を取り敢えず九本、試験的に施療したところ、わずか三週間であきらかに元気を回復した。

先日私も、大倉さん、福楽さんと共に三保の松原を訪ねて甦った松に対面したが、福楽さんに訊ねたところ、彼の手法は、松食い虫の駆除ではなく、根っこの呼吸力を高めることだという。松も酸欠で抵抗力が落ち、松食い虫に食い

荒らされるのだ。松も人間も同じなのかと思いながら、あちこちで松が枯れかけている三保の松原を歩くと、日本の縮図を見るようでゾッとする。背景の富士山は相変わらず冴え冴えと美しいのに。松も日本人もシャッキリしてよ。

ともかく今や呼吸力を取り戻すのが急務なのである。浅くせわしない呼吸がよくないのだから、深くゆったりした呼吸を心がけよう。吸って吐くのではなく、呼吸という文字通りに吐いて吸う。

臍《へそ》の下に指三本置いたぐらいのところを丹田《たんでん》といい、中国の気功では「気」を収納し、日本の武道や芸道やさまざまな作法でも心身の重心を置く重要な場所だ。

この丹田を意識しながら長くゆっくりと完全に息を吐き切れば、新しい空気がどーっと肺底まで雪崩《なだ》れこんでくる。その空気を丹田にも押し込むつもりで力を入れ肛門を締める。腹に力が入り腹圧が高まると、腸の周りに淀んでいた血流も活発になるし、身体中が連鎖的に甦る。

力むことは普通お勧めではないが、丹田だけは力を入れても頭も身体も強張らず、むしろリラックスできるし、それでいて一旦緩急あればパッと即応できる。これがハラが据わっているということなのだ。だから呼吸にもハラを据えよう。

これがいわゆる丹田呼吸で、四六時中こんな呼吸をしているわけにもいかないが、できるだけ頻繁に意識的に丹田呼吸をしていれば、次第に肺活量が増し深い息の道がついて、普通の呼吸も改善されていく。

最近、脳の広い範囲に情報を送っているセロトニン神経と呼吸法との関連が注目されている。セロトニンは平常心の維持、鎮痛、鎮静などに関わり、また足腰の強化、姿勢や表情の改善にも活躍する有り難い神経だ。この神経は、意識的なリズムの運動によって活性化する。とりわけヨガ瞑想の呼吸法に、あきらかな効果が認められたそうである。

そうか、やっぱりヨガなのだ。医学もなにもない大昔から、優れたヨギたちは、心と身体を繋ぐものとして最も呼吸を重視していた。見えない風を、風にそよぐ葉が現すように、見えないプラナ（気）を身体のレベルで現すのが呼吸と捉え、呼吸とともに自分の身体や意識をコントロールする健康法の体系を編み上げた。セロトニンなど知らなくても、直感的、体験的に身体に良いことがわかったのである。

よし、私もわが寺子屋に熟年ヨガ・クラスを設けて、娘のノエルにヨガを習うことにしよう。

第5章

年齢を重ねてわかること

30

ミャンマーに学校を作った娘

子育て奮戦期を過ごし、自分の時間が
戻ってきたときに何をするか

娘のかれんが「ミャンマーに寺子屋を作ることにしたの」と言い出したのは何より嬉しいサプライズだった。

四人の子育てに獅子奮迅《ふんじん》の三十代を過ごしたかれんも、四十代に入って末の子も乳離れし自分の時間や仕事が戻ってきたところで、外の世界の恵まれない子供たちに心を向けるゆとりが出てきたというわけだ。よかった、よかった、ほっとした。娘が恵まれた境遇に安住して他者の痛みに無関心な鈍感マダムになってしまったら、親として情ないものね。

アジアの貧しい国々には学校に行けない子供たちがいっぱいいる。日本も一度は敗戦でどん底に落ちたが、教育の基盤はしっかりしていたので、速やかな復興を担う人材をどんどん育成することができた。途上国への経済援助は、ただのバラ撒《ま》きではズブズブ貧困の泥沼に呑みこまれていくだけだから、子供の教育などに的を定めて直接資金援助するほうが、よりよい未来の基礎作りに役立つだろう。私もちょうど今のかれんの年頃から、国際里親制度に参加して、アジアやアフリカの孤児たちに応分の送金を続けてきた。

　何年か前に「娘への遺言」というエッセイで、そのことを「実はあなたたちの他にも肌の色が違う隠し子が方々にいることを告白しなければなりません。私が死んだら、その弟妹たちの学費を、あなたたちが代わって送り続けてくださいね」と冗談めかして書いたことがあり、それを読んで、娘たちも思うところがあったのかもしれない。

　それにしてもかれんに学校なんて作れるのかしらと心配したが、彼女が校舎の建築と設備の費用を寄付しさえすれば、運営はお坊さんがしっかり引き受けてくれるそうである。

安倍晋三首相夫人の昭恵さんはミャンマー支援に熱心で、寺子屋作りの先輩でもあり、オルガナイザーとしてミャンマー出身の優秀なNPO活動家セインさんを紹介してくださった。そこで順調にことが運んで無事校舎が落成し、春のよき日の開校式に出席するため、一族三代うち揃ってミャンマーに向かったのである。

「えーっ、ミャンマーって北朝鮮みたいな怖い国なんでしょ」「軍事政権が民主化のデモを弾圧して日本の記者を撃ち殺したばかりだし、子供まで連れて行くのは危ないいんじゃないの」とか、周りからやたらと心配されながら出発したので、私も多少は緊張していた。

しかし聞くと見るとは大違いで、軍人の姿など全然見当たらず、拍子抜けするほど穏やかな空気にもんわりと迎えられる。電気に侵されない夜の闇と官能的な樹の匂い、人々のシャイな優しさ、そしてその貧しさまでが無性に懐かしい感じで、アジアのどの国よりもリラックスできるのだ。

いろいろ問題があるのは確かだとしても、欧米がこぞって批難するほど悪逆《あくぎゃく》非道《ひどう》な圧制に虐《しいた》げられた悲惨な国には見えない。国それぞれの事情があるのだから、先進国の物差しだけで善悪を決め付けるのは傲慢というものだ。ミャンマーをめぐる誤解と偏見には義憤さえ覚えるが、まあ、政治の力学は複雑怪奇で私ごときの理解に余るから、ここではパスして、ともかく寺子屋と子供たちに関心をフォーカスしよう。

感動的な読経で始まった開校式には、子供たちの弾けるような笑顔！

ヤンゴンに一泊してから中部の商都マンダレーへ飛ぶ。欧米が爪弾きしている間に中国がどんどん進出して貧富の格差が広がり、貧しく取り残された子供たちのために、ますます寺子屋が求められている街だ。かれんの寺子屋は荘重な風格が漲《みなぎ》る古い僧院の領地の一角に建ち、まるで老僧たちに仕える若い娘のように清新な佇まいである。レンガ造りの二階建てで、一階には三つの教室が並び、二階は大広間になっている。そこへ続々と入って来た生徒たちが行儀よく坐《すわ》り、前には臙脂《えんじ》色の衣をまとった僧侶たちが居並び、その読経によって開校の儀式が始まった。生徒たちも一斉に唱和するのだが、老若相和《そうわ》して天へ地へと寄せては返す波のような響きが、このまま永遠に続いてほしいと思うほど快い。本当にこんなに感動的な読経を聞いたのは初めてだった。

式のあと、それぞれの教室に入って席についた生徒たちにお弁当が配られる。ノートと鉛筆は私たち一家全員で一人ひとりに手渡した。お土産を何にしたらいいか迷って「スニーカーなど如何《いかが》でしょう」と打診したら、裸足だから靴はいりませんと言われて、文房具を山ほど持って来たのだ。それを受け取る子供たちの弾けんばかりに嬉しそうな笑顔ときたら、そのまま抱きしめて土産に持ち帰りたいと思うほど魅力的だった。今どき日本で弁当や文房具をこれほど喜んでくれる子供がいるだろうか。

何不自由ない贅沢な生活を当然自然のものとして別段の感謝もなく享受していた我が孫豚たちも、流石に物思うことが多かっただろう。夏休みには彼らをこの寺子屋にほうりこんで、英会話でも教えるボランティアをさせたいものである。

31

幸せのお裾分けは人生の仁義

心抉《えぐ》られる
子供たちの絶望的な眼差し

比較的クールで、あまりセンチメンタルにはならない私でも、しばしば涙ぐまずにはいられないほど、哀しい場面がこの世には多過ぎる。とりわけ飢餓や疫病や戦乱にうちひしがれた子供たちの絶望的な眼差しほど、痛切に心抉られるものはない。自分の孫たちの恵まれた暮らしとの落差が無限大に感じられ、どうしてこんなに人生は不公平なのと神をなじりたくなる。

世界を見回すと途方もない富や名声や才能をほしいままにする人々が眩《まぶ》しく輝いて見えるものだから、上を見ればキリがないような気がするが、そんな階層は薄皮一枚程度しか存在しないのだ。まあまあの暮らしができて健康で家族や友人にも恵まれた貴女なら、その幸福度は世界全人口の上位一〇パーセントに入ると思って間違いない。

つまり下を見たほうがキリがないのだから、一〇人に一人の幸せへの感謝をこめて、残りの九人に多少なりとも幸せのお裾分けをするのが仁義というものだろう。それがつまりチャリティーやボランティアになるわけだが、その手のことはどうも胡散《うさん》臭くて苦手だとか、イイヒトぶるのが気恥ずかしいとか、名誉欲《よく》が鼻について共感しにくいとか、天国行きも金次第の「免罪符」現代版じゃないかとか言う人が少なくない。

実は私もその一人だったが、初めてアメリカに住んだとき、ボランティアへの認識を改めた。やはりアメリカはたいした国だと感心したのが、あらゆるところに根を張り蔓《つる》を広げたボランティアの習慣だったのだ。災害は勿論のこと、何かにつけて何処からともなくワッとボランティアが湧き出してキビキビと活躍するし、みるみる義捐《ぎえん》金も集まる。呼吸や血流のように、ボランティアが当然自然に機能して社会を動かしているのだ。

日本は経済的には一流でもチャリティーやボランティアではまだ欧米に追いつけない二流国だと言ったら、日本が途上国にどれだけ莫大な援助をしてやってるか知らないのかと、ある政治家に叱られた。いくらお金を使っても、「してやってる」という居丈高な意識では一流になれない。だいたい日本では慈善事業なんて言葉からして、いかにも高みに立って貧困者に施しをするという響きがある。ホンモノのボランティアというのは、助けてやるという恩着せがましいことではなく、自分の能力や時間が人様のお役に立つという喜びのためにさせて頂くことなのだ。

カナダの別宅で暮らしている間は、ボランティアやチャリティーが俄《にわ》かに身近なものになる。昨日も知らない人から突然「身体の不自由な人を病院に連れて行くボランティアをお願いできますか」という電話がかかってきた。「私は車を運転しないので」とお断りするしかなかったが、「衣類でも家具でも何かご不用なものはありませんか」という電話にはたいていイエスと応えられる。

これは家庭的に恵まれない孤独な子供たちの頼もしいお兄さん役をつとめる若者たちの組織「ビッグブラザー」からの電話であることが多い。不用品があれば大きな紙袋に入れて指定の日に玄関先に出しておけば黙って持って行ってくれる。回収した不用品を綺麗に整理して売っている店に行くと、結構いいものがあるし断然安いし、その売り上げがチャリティーに回るのだと思うとお金の払い心地もいい。五ドルで買ったジーンズのしなやかな穿《は》き心地といい、よく洗い晒《さら》された色合いといい、新品をここまでにする手間暇に何十ドルでも払いたいくらい。こういうリサイクルはエコロジーにも繋がるのだから、ビッグブラザーのボランティアは二重三重の役割を果たしているわけだ。

肩肘張って頑張るのではなく、マイペースで愉しみながらのボランティア

ボランティアの生き字引として、私をあちこち連れまわしてくれる許澄子さんは、ダウンタウンのスラム街で毎日行われるホームレス相手の炊き出しを長年続けている。ボランティア志願者が増えるばかりで、澄子さんのグループに番が回って来るのは三か月に一度だが、彼女は人間ばかりか虐待されたペット

の救援活動にも忙しい。

私は先日、郊外の老人ホームで日本人入居者のために週に一度和食をサービスするボランティアに行ってきた。リーダーは長年料理人として働いていたハリー岸さんとナースだったナンシー森下さんで、いずれも七十代。日本の老々介護という言葉は何か哀しいが、老々ボランティアは実に明るい。玄関で出会った白人の老女も入居者ではなく、マニキュアのボランティアに来ているのだという。幾つになっても爪のお洒落を大切にするなんて素敵なことではないか。

このとき写真を撮ってくれた今泉慶子さんは子育てを終えてから写真学校に入った遅咲きカメラウーマンだが、彼女のデジカメ教室で腕を上げた熟女たちの作品をカードにして売り、収益をカンボジアで貧困のために身を売る少女の救援に充てている。花の命は短くて数年でお払い箱だが、「穢《けが》れた」娘たちを家族も村落も受け入れようとしないので、彼女たちの自活のためにUNDP（国連開発計画）が作った縫製工場を支援し、そこで作られた絹のバッグもバンクーバーのパーティーやバザーでせっせと売り捌《さば》いている。

肩肘張ったり血相変えたりして頑張るのではなく、こういうマイペースで楽しみながらのボランティアのほうが長続きして、大勢の幸せに繋がるような気がする。

32 ファースト・レディーの魅力

記憶に残るファースト・レディー、
残らないファースト・レディー、その違いは？

ホーム・パーティーが盛んな欧米でいろいろなお宅にお招《よ》ばれしては、その家の「ファースト・レディー」の見事な采配《さいはい》に感心することが多い。パーティーの成否は彼女たちの肩にかかっているのだ。

それが一国のファースト・レディーともなれば、肩にかかる関心や期待の重さは半端ではないが、日本のファースト・レディーはこのところあまりに目まぐるしく変わり、お手並みを拝見する暇もない有り様だ。

この本が出る頃にはいくらなんでもまだ菅伸子さんが健在だろうが、彼女は近来では最も身近な市民感覚と夫に匹敵する知性を備えた方で、居酒屋で議論などしたら楽しそう。「菅が総理になっちゃうんだから、日本の政治家も小粒になったものよね」などというコメントを何かで読んで、こういうシッカリした奥さんがついてるのなら、取り敢えずは支持してみようと思いましたよ。

前ファースト・レディーの鳩山幸《みゆき》さんは、以前スピリチュアル系雑誌の連載対談のホステスとして、私の不思議体験を聞きに我が家にいらしたとき、たしかにかなりぶっとんだ方だなとは思ったが、愛と幸せのオーラが溢れかえる明るい妖精系だし、あれくらい面白い個性があるほうが国際的にも目立っていいじゃないのと私は思う。

地味で控えめでなるべく表立たずにしっかり夫を支えるのが内助の功として称えられてきた日本では、どんな方だったか全然記憶に残っていないファースト・レディーも少なくない。戦前の首相夫人はほとんどそうだった。戦後は鳩山一郎元首相の夫人で教育者でもある鳩山薫さんがタダモノではない品格と威厳をみなぎらせ、初めてファースト・レディーらしい活躍を期待されたが、政権は短命に終わった。

吉田茂元首相は夫人が早世され、かたわらに侍《はべ》るのは小りんちゃんという元芸妓の愛人だったから勿論表立つことはなく、代わりに麻生太郎元首相の母である麻生和子さんが、外交官令嬢らしい洗練された国際性を生かしてそつなくファースト・レディーをつとめていた。

その頃から首相の外遊にファースト・レディーが同行することが多くなる。専用機のタラップから手を振る佐藤栄作元首相夫人寛子さんの、当時としては大胆なミニ・スカートが話題になり、初めてファースト・レディーのファッションが国民の関心事になった。

しかし、これは一過性のもので、結局人目を集めることのない無難路線に戻ってしまい、日本のファースト・レディーがファッション・リーダーになることはないまま今日に至っている。

ファッションが注目されたファースト・レディーの代表は、ジャクリーヌ・ケネディー夫人で、服飾は勿論、官邸のインテリアや料理に至るまで、そのエレガントなテイストをゆるがせにしなかった。鳩山幸さんもせっかく華のある方なのだから、オトナのお洒落の牽引車になっていただきたかったが、ちょっとチガウなあというファッションで一般ウケしないまま終わったのは残念だった。

キャリア・ウーマンにしてスーパー主婦のミシェル・オバマ、史上最強のファースト・レディー、ヒラリー・クリントン

芸術界出身とか再婚とかいうことももう問題にならない時代になった、フランスのサルコジ元大統領夫人は現役の歌手で、そちらを優先しがちなことでは多少の批判もあるようだが、いずれそれも当たり前になるだろう。ファースト・レディーが、才能に溢れた輝けるキャリア・ウーマンであるほうが国民だって嬉しいいし、敢えてそのキャリアを犠牲にしてファースト・レディーの役割に専念し国のために尽くしてくれるというなら、それもまた嬉しい。

アメリカのオバマ大統領夫人がその代表だろう。彼女は弁護士としては能力も稼ぎも夫をしのぐスーパー・キャリア・ウーマンだが、ホワイトハウスにいる間は仕事を辞めて夫の援護と子育てに励むと宣言して好感を呼んだ。しかし

その辺のＯＬの「お仕事辞めて家庭に入りまーす」とは勿論大違いで、オバマ夫人はたちまちホワイトハウスの人心を掌握して大活躍のかたわら、庭に有機菜園を作ってその収穫で賓客をもてなすなど、スーパー主婦としても評判を上げている。

食事といえば佐藤栄作夫人も忘れられない。一度とても美味しい干物をご馳走になったことがあるのだが、それはなんと故郷からドサッと送られてきた鮮魚を半日がかりでさばき、総理公邸の屋根に干したのだという。「屋根から滑り落ちそうで怖かったわよ」と苦笑しておられたが、その冒険に値する味だった。

大平正芳元首相夫人は番記者をはじめ昼ごろ家に来合わせた客に、総理の日常食の讃岐うどんをふるまわれるのが習慣で、これもまた絶品だった。料理好きの奥様なら、内助の功がそのまま外助の功にも繋がるのである。

史上最強のファースト・レディーはヒラリー・クリントン元国務長官で、彼女は「夫人」の域を超えている。今なお尊敬を集めるエレノア・ルーズベルト夫人も同様で、彼女の社会奉仕活動の情熱は多くのファースト・レディーに受け継がれてきた。

日本でルーズベルト夫人を連想させるのは三木武夫元首相夫人の睦子さんで、私が直接お目にかかった中では最も貫禄があり、いつも堂々と天下国家を見据えて行動しておられる。その後輩たちもなにかしら奉仕活動に関わって大忙しだし、とくに安倍首相夫人の昭恵さんは、心底ミャンマーに惚れ込んで足繁く現地に通い、寺子屋の建設にうちこんでいる。

日本中の家庭のファースト・レディーたちもどうぞ元気にご活躍を。

33 オトナの女とワインの官能的な関係

安いワインを馬鹿にしてはいけない。
いい男に出会うより、いいワインに出会う確率は高い

分別くさいことを言わずに、ワインなんてわいわい楽しく飲めばいいじゃないという派に属してきた私だが、一方ワインがもっと奥深い迷宮に繋がる気配もひしひしと感じていた。

その興味がついに動き出したきっかけはシャトー・ロトシルトの当主が持参した一九世紀の自社ワインを飲もうという会に招待されたことである。

伝説の秘宝という感じで恭《うやうや》しく披露されたシャトー・ロトシルト一八〇〇年の赤ワインは、色素がもう完全に分解されていて、赤の名残もいささかの濁り

もない黄金色の液体なのだ。ワイン瓶からキャラフに慎重に移されたとき、その透明感あふれる黄金の輝きに驚いた。全体を見ればどこかとろっとして見えるのに、ひとたび光線を浴びると、きらっとまさにダイヤモンドのような煌き を発するのである。

その液体におそるおそる口をつけ、あっと思った。なんと澄みきった生命感。大袈裟なようだがなぜか宇宙のビッグバンを連想した。ワインは純粋なアルコールになって生きていたのだ。

それ以来、私の理想のワインは、その生命感が感じられる銘柄になった。となんでもなく高級なワインにそれは多くある。しかし一本千円もしないワインから、たまにその命の輝きがもたらされるときもある。舌先で感じられる味覚だけではない、私自身の生命感覚と響き合うものがあるのだろう。そんなときは、誰がどう言おうとこれはいいワインなのだと開き直ることである。

そういう出会いが感性を磨いていくのだから、安いワインを馬鹿にしてはいけない。スーパーやインターネットの安売りにも結構悪くないものがあり、いい男に出会うよりは確率が高い。

ほんとうに自分の好きなワイン、というよりも性に合う葡萄《ぶどう》を探してみるのもいいだろう。ボルドーにはカベルネ・ソーヴィニヨンとメルローという葡萄。ブルゴーニュならピノ・ノワール。ローヌではシラーという葡萄。乱暴だけれどフランスの赤ワインの葡萄はこれだけ覚えればいい。

カベルネ・ソーヴィニヨンはいかにもボルドーらしい豊かな味。一番近い香りは熟しきったカシスの甘い薫りで、タンニンが多いから、どっしりしている。メルローのほうは、いろいろなフルーツの味や香りが感じられ全体に柔らかい。タンニンもそれほどではないので現代的なワインに仕上がりやすい。

ローヌ地方のシラーは、黒々とした赤さで、とてもスパイシーな感じがする。男っぽいワインだといえるだろう。

ブルゴーニュ・ワインは味も香りもとても繊細だ。私の好みが一番フィットするのはこの辺りだから、ブルゴーニュを代表する品種のピノ・ノワールが私好みの葡萄ということになる。

同じ樽のワインを一ダース買って一年がかりで大事に飲んだことがあるが、瓶を開けるたびに違う味がして、ワインが生き物だということを実感した。熟成で魅力が増したのだからいいけれど、保存が悪ければ逆のこともあるだろう。女の人生と同じことである。

高級レストランでは全く同じワインが数倍の値段だが、これが決して暴利とはいえないほど、味のグレードが上がっていて、おそれいりましたと納得したことがある。気難しいワインが多いから、驕慢《きょうまん》な女に翻弄される男の自慢交じりの愚痴みたいな、うざったい蘊蓄《うんちく》が多くなるのだろう。

ワインにも挨拶を。的確な一言で女前が上がる

それにしてもワインには俗説が多い。「コルクの栓は、コルクの隙間から自然に空気が循環して、瓶の中のワインを熟成させる」というのもその一つだ。コルクに隙間などあったっけ、ワイナリーで、コルクで栓をしたあとに、わざわざ蠟《ろう》にどっぷりと漬けて密封してるのを見たけどな、と訝《いぶか》しく思っていたら、やはりウソだった。完璧なウソというものは、誰もが聞いたとたん、そう

だそうだと納得するストーリーなのだ。もしかしたらそんな話をわれわれが求めているのかもしれない。

そもそもワインは女性がはまりやすい俗説の罠に満ちている。

ワインを注がれるなり、グラスを器用にくるくる回す人がいる。格好いいつもりらしいが、プロ気取りの嫌味な振る舞いに見える。そもそもこれはワインテイスターのプロの仕草であって、素人が真似るべきではない。ましてやグラスの底をテーブルにつけたまま片手でワインを回転させたりしては、女性が蓮《はす》っ葉《ぱ》に見えるだけである。くんくん匂いを嗅ぐのも浅ましく見える。

それから最悪なのはワイン・グラスのキスマークは下品です。まあ、お出かけに化粧は欠かせないという女の事情はあるが、取れない口紅を選ぶとか、いっそのことレストランに入るなりすぐ席を立ってトイレで口紅を落としてもいい。そんな女性の気迫に気付いてワインを大切に思う同席者なら好感を持つだろう。

それにワイン・グラスを持つ指の爪は短めでマニキュアはワインと喧嘩しない控えめな色がいい。キンキラのネイルアートは目障りだし、せっかくのワインまで安っぽく見えてしまう。

そしてひとくち飲む。黙りこくっているのがお淑《しと》やかだと思ったら大間違い。人と同じでワインにも挨拶がほしいのだ。

「いいアロマね」「わたしよりボディがある」「あっ、メルローの軽さだわ」

そんな簡単な一言でいいが、的確なコメントができたら女前が上がる。男が蘊蓄《うんちく》を延々と語るよりもずっとスマートだ。そのためにも自分の好みを持つ女でありたい。

34
サムシング・グレイトを信じますか

冷静な判断力や警戒心がないと
まことに危なっかしいスピリチュアルの世界

今や「スピリチュアル」バブルで、霊や前世の情報が溢れかえっている。

これは別に新しいことではなく、昔は神仏やあの世や霊魂の存在を信じるのが当たり前だったし、科学文明の発展で宗教の支配が弱まってからも、英国を中心にした心霊実験の大流行とか、アメリカから発したニューエイジ・ムーブメントとか、幾度となくスピリチュアル・ブームが盛り上がっては衰退していった。

しかし今回のブームは霊界の構造に相似したテレビやインターネットを「植

民地」にしたという強みもあるし、地球環境や医療や戦争などに対して大きく膨らんだ危機意識との共鳴現象もあるから、意外に息長く続くのかもしれない。

何を隠そう、私もこの二十年来スピリチュアリズムに関心を募らせて、その種の文献を山のように読み漁ったり、瞑想や気功に励んだり、世界中のパワー・スポットを巡り歩いたり、インドのサイババに会いに行ったり、フィリピンの心霊治療を受けたり、さまざまな超常現象やチャネリングや霊視の類を片っ端から体験取材したりした。

この世界は玉石混交もいいところで、怪しい話や胡散《うさん》臭い人間たちにゲンナリしたが、それでも見えない世界とサムシング・グレイトの存在は確信できたし、魂の進化の旅の旅程として人生の意味も見えてきた。

つまりともかくスピリチュアル派の一味なのだから悪口は言いにくいが、ブームともなると、そのあまりにミーハーな騒ぎ方や、危なっかしさが目について、しきりと「老婆心」が疼《うず》くのである。

まず、やたらと霊能者に依存する人が増え、霊能というものが過大評価されているように思われる。人間は普通、この世のことしか見えたり聴こえたりしないように設計されて生まれてくるのに、たまにどこかに綻《ほころ》びがあってあの世の情報が隙間風のように吹き込んでしまう人がいる。つまり規格外製品みたいなもので、むしろ気の毒な生まれ方だと思うが、きちんと修行して特異体質をコントロールし、与えられた能力を謙虚に磨けば、立派な霊能者にもなれるだろう。しかしただの綻びだけが売り物のいい加減な霊媒が少なくないから困るのだ。

チャネリングというのは霊との交信だが、チャチな霊媒のチャンネルにひっかかるのは、たいてい近くにうろついている低級霊だから、その視野や知識は知れたもので大した役には立たないし、むしろ悪戯で人を迷わせることが多い。

伝統的な神降ろしは、審神者《さにわ》という霊の鑑定の専門家が霊媒と組んで行うものだったが、近頃は自分だけで安易に霊とつきあうチャネラーが多いから、霊はなんでも言いたい放題だ。俺はダ・ヴィンチだの私は紫式部だのと有名人の名を騙《かた》るぐらいならまだしも、神を名乗って偉そうな託宣《たくせん》を垂れ、お前は神に選ばれた者だとおだて上げる霊もいて、それを信じた霊媒は神と一体化した気分で慢心し、遂には麻原彰晃みたいに教祖になってふんぞり返ったりする。

森や海こそが、
スピリチュアルな気配みなぎる壮麗な大伽藍

霊視というのは、人の背後にテレビの画像のようなものが見えるそうだが、その画像をどう解釈するかが問題だ。実は私は今ロンドンに来ているのだが、ここは幽霊が犇めく街で、スピリチュアリズムの本場でもある。

友人の邦子さんは熱心なスピリチュアリストで私が来る度にその教会に連れて行ってくれる。ここでは神父ではなく「本日の霊媒」が壇上に立ち、聴衆を次々と指差しては背後に見える人や光景とその意味を語るのだ。私も一度、全く個人的な秘事をあまりに正確に見透かされて仰天したことがあるが、今回の霊視はほとんどハズレで、会場にはあからさまな失望と軽侮がみなぎり、焦る霊媒が可哀相になるほどだった。

もっと有能な霊媒でも、一回数千円程度の報酬で、いつもこんなに厳しい試練にさらされている。それに比べると日本は甘いから、なかなか霊媒が成長しないのだろう。

特異体質ではなく普通に生まれ育った人でも、何かの弾みや修行によってスピリチュアルな回路が開けることは珍しくない。例えば座禅を重ねているうちに眩《まばゆ》い光や仏様が見えたりすることがよくあるが、禅宗ではこれを「魔境」として斥《しりぞ》け、決して「悟りを開いた」などと浮かれないようきつく戒めている。長年研鑽《けんさん》を重ねてきた伝統宗教の叡知《えいち》を侮ってはならない。

今どきのスピリチュアリズムはこういう冷静な判断力や警戒心もなしに超常現象の類をもてはやすので、自分の不思議体験で有頂天になった挙句《あげく》、精神のバランスを崩す人も続出し、スピリチュアル・エマージェンシーとして問題になっている。普通の能力で十分快適に暮らせるのだから超能力など余計なことだと思ったほうがいい。

わざわざ前世の記憶を消されてこの世に来た私たちが前世を覗くのはカンニングみたいなものだし、来世のことは行ってみてのお楽しみにすればいいし、せっかく生きている間は、短い今生《こんじょう》の時間と出会いを大切にして精一杯生き尽くすことである。

神は万物に宿るのだから、日々の恵みに自分なりの感謝の祈りを捧げていれば十分にスピリチュアルなのだ。自然派の私にとっては森や海こそが、サムシング・グレイトの気配に満ちた壮麗な大伽藍《がらん》である。

35 大自然のエネルギーに抱かれて

エコロジーとはいうけれど、
自然のことをどれだけご存じ？

今やエコロジーが錦の御旗で、エコ・カーだ、エコ・ハウスだ、エコ・家電だと、なんでもエコをつければ正義の味方とばかり大威張りでまかり通るご時世だ。

某ブランドのエコバッグをゲットして「キャア、カワイイー」と騒いでいる女の子に、「買い物袋がエコってどういう意味なの」と訊ねたら、物知らずのオバサンだなあという軽蔑の眼で、「地球に優しいことじゃん」だって。この「地球に優しい」というのもよく聞くけれど、地球の居候《いそうろう》の分際でよく言うよと気恥ずかしくなる。

「居候三杯目にはそっと出し」の節度はどこへやら、何杯目だろうが遠慮会釈なく食べまくり捨てまくって自然の収奪と汚染に邁進《まいしん》してきた人類が、今頃になって俄かにそんな猫撫《な》で声出したって、地球からすれば笑止千万で、「別に優しくしてくれなくても、あんたたち人類さえいなくなれば、たちまち元気になりますよ」と言いたいんじゃないかしら。

でも地球から退去しようがない人類としては、なんとか居候を続けさせていただくため真剣に反省して暮らし方を改めなければならない。どこから手をつけたらいいか途方に暮れる思いだが、ともかく自然をきちんと直視し理解しないままエコロジーと騒いでも始まらないだろう。

人間も含め地球を一つの有機的な生命体として「ガイア」と呼ぶ思想に私も共感するが、現代の人間が果たして自然の仲間として認められるものか自信はない。一応自然派を標榜《ひょうぼう》する私も、虫や爬虫類や寒さに弱い軟弱な人間だから、とても本当の自然生活はできそうもない。でもそこで諦めては何も始まらないので、ともかくできるだけ自然と仲良くしようと、遅れ馳せながら庭仕事と野菜作りを始めた。

庭も畑も自然とはいえないが、取り敢えず植物とつきあうだけでも、土や水や太陽の底力をひしひしと実感するし、濃《こま》やかな季節感が甦る。都会の中に孤立したちっぽけな緑園でさえ、壮大な宇宙の運行に健気に呼応しながら芽吹いたり花開いたり稔《みの》ったりしてくれるのを見るにつけ、改めて自然の摂理に対する畏敬の念に満たされるのだ。

森の精霊が深夜続々とやって来た

かつては文化をめざして旅をした私だが、最近は大自然のエネルギーがひときわ濃密に渦巻く、生命の故郷という感じの場所に強く惹かれる。

二〇〇九年の夏の日食のときは屋久島に行っていた。肝心の太陽は雨雲に隠されてしまったが、それを残念とも思わないほど、そこでは壮麗な自然のショーがドラマティックに展開していた。私は愛子岳《あいこだけ》を望む橋の上にいたが、辺りが急速に暗くなるにつれて気温も下がり、深い谷から白い霧がどんどん湧き上がり、時ならぬ「夜」に愕《おどろ》き騒ぐ鳥や虫の声が交響曲のように響き溢れる森からは、夜行性の鹿たちがツブラな眼を瞠《みは》って走り出してくるではないか。

ここに案内してくれたのは、近くの森の中に自分で家を建てて住み着いているナチュラリストでヒーラーの健未路《たけびみろ》さんだ。本来はピアノ、ベース、ヴォーカルと三拍子揃った異能のジャズ・マンとしてボーダーレスに自由勝手な生き方をしているうちに、屋久島の自然にはまりこんでしまったらしい。

もとは東京生まれのヨソモノなので、屋久島のチャーム・ポイントが地元の人よりむしろよくわかり、そのガイドは完璧だった。

昼食に連れて行かれたのは週に四日しか開けない「古都蕗《ことぶき》」という瀟洒な小料理屋で、ここもご主人手ずから家を建て垣を築き石畳を敷き詰めたのだ。しかも人や家が朽ちた後に自然がもとにもどるよう、この島の草木と石以外は一切使っていないとのこと。

この方の本業は硯《すずり》作りだが、それも山や浜で拾った石で作るのだ。夫人が作る食事もまさに身土不二《しんどふじ》の見本で、新鮮な地の素材を選りすぐり綾取りのように取り合わせた美しい料理の繊細な滋味に感嘆した。それで昼のコースが二千円、夜でも三千円からという安さである。

屋久島で感心したのは、観光開発に慎重な姿勢で、今回あれだけ日食で騒がれ、日本中から見物客が殺到しているという話なのに、この機会に一儲けしようという様子が見られないことだった。私が泊まった民宿も一泊二食付き八千円というリーズナブルな値段で、その食事も結構なご馳走だった。

ご主人の柴鐡生《しばてつせい》さんは、学生時代に屋久島の自然を守る会を立ち上げて原生林の保護に取り組み、長い不屈の闘争運動で遂に伐採禁止にこぎ着けた伝説的な森の戦士である。今は客たちと芋焼酎を酌《く》み交わして談論風発する穏やかな好々爺《こうこうや》だが、ときに見せる鋭い鷹の目は、インディアンの長老を思わせる。日食の日が雨で焦りまくる客たちを尻目に「おう、山が喜ぶ」と一言。実にカッコよくクールなのだった。

民宿はさすがに満杯なので柴さんのお宅に泊まらせて頂いたが、釘を一本も使っていないという旧い木造家屋で、海に向かって開け放たれた座敷には一晩中潮風が吹き渡る。あまりの気持ちよさに私はたちまち爆睡してしまったが、同宿の数人によると、深夜森の精霊が続々とやって来て宴会みたいな騒ぎだったとか。そんな話を素直に信じられるほど、屋久島はプリミティヴな空気がみなぎる島なのだ。その逞しい精気でしっかり充電してきたから、庭仕事もパワーアップすることだろう。

36

ホテルという小宇宙

たとえ一日だけでも、そこで過ごした
美しい時間の記憶は輝き続ける

私はホテルへの偏愛がある。

衣食住ではなく住食衣が私にとっての優先順位だということは前にも書いたが、日常生活に溢れるモノや喧騒をそぎ落とし、快適に住むための要素だけを簡潔に集約したホテルのほうが、自宅より巣として純粋だと言えるだろう。だからホテルの部屋に入ってドアを閉めると、結界の中にいるような深い安堵感に包まれる。帰郷というか、いやそれ以上に、胎内回帰の感覚かもしれない。

勿論、どんなホテルでもいいわけではなく、好みはかなりうるさい。豪華な高級ホテルである必要はないが、少なくとも趣味のよい空間であってほしい。チェックインしてからでも、耐え難く悪趣味な部屋はキャンセルするし、そこまではしなくても目障りな絵や飾りものをクロゼットにほうりこんだりして、住環境の改善につとめる。

一般的に日本人は住み方が下手だと思う。立派な家も増えたが、住生活のセンスは兎小屋時代とあまり変わらない。インテリア・ブームだとか言われるが、住空間というのは実際にその中に身をおいてみないとわからないことが多い。素晴らしいインテリアの本をいくら眺めても、あまり学習効果はあがらないが、よいホテルに泊まると、インテリアの価値を体感し、さまざまなヒントを持ち帰ることができる。

理想の家を手に入れるのは容易ではないが、泊まるホテルによっては理想の住空間をわがものにすることができるのだ。たとえ一日だけでも、それは人生の一部分だし、そこで過ごした美しい時間の記憶は、脳の襞《ひだ》に犇《ひし》めく凡庸な日々を押し分けて輝き続けるだろう。いつもとは言わないが、たまに気合いを入れてホテルに贅沢するのは、たぶん無駄にはならない散財だと思う。

いま流行りのリセットには、転地や旅行がお勧めだが、近場のホテルで取り敢えず非日常にワープしてみるのも悪くない。私はワープが大好きだ。お陰でほとんどストレスが溜まらないし、大勢に流されず違う角度からの視点でモノを考える習慣を保つことができる。

日本中がバブルに浮かれていた頃の贅沢ホテルは、バブルの象徴みたいに驕った雰囲気が嫌で、天邪鬼《あまのじゃく》な私はなるべく遠ざかり、逆に極力物を持たずに森でキャンプをしたり禅寺に籠《こも》ったりしていたものだ。

かつて従軍記者としてベトナム戦争の最前線で野営したとき、身体一つがギリギリ入るだけの狐穴《きつねあな》と称する退避壕《ごう》が住まいだったが、生涯最小で最も簡素なこの住まいは、輝く星を全面にちりばめた無限の天蓋を持つ、生涯最大で最も豪奢な住まいでもあった。ここで悠久の宇宙に向き合いながら、生命について時間について人間について徹底的に物思う時間を持ったことが、三十歳の私の重要な転機となった。以来この狐穴が私の座標軸の中心にあり、何かにつけて私は原点に立ち戻るべく狐穴をめざすのだ。これがホテル好きの理由でもあるだろう。

長年の名声にあぐらをかいたホテル、
鮮烈な美意識に貫かれ、スッと背筋の伸びるホテル

さていやます不況の中で、天邪鬼な私はやけっぱちに有り金はたいてヨーロッパを豪遊し贅沢ホテルを泊まり歩いてやろうと思い立ったのである。道連れは同じ思いの親友で、私のワードロープのようなブティック「マナハウス」経営のデザイナー那美《なび》摩利子さん。

まずパリに飛ぶ。普段は小さな三ツ星ホテルが私の狐穴である。広いロビーもレストランもなく、一人しか乗れないようなエレベーター、入ってドアを閉めなければ点灯しないトイレ、洗いざらしのキルティングのベッドカバーなど、初めての貧乏旅行でパリに来た半世紀前から何も変わらない。私は多少変わったけれど、この簡素な狐穴がしっくり身に合って快適なことは変わらないことをたしかめては安心する。

しかし今回は豪遊を志したのだから、ホテルのグレードもアップする。団体

御用達の大ホテルは個性に乏しく中途半端でつまらないから、最高級にランクされて久しいリッツの貫禄を選ぶことにした。

ダイアナ元妃が最後に通ったあの回転ドアを抜けると、ロビーは流石に豪奢でルイ王朝風の古典的な品格がみなぎるが、客室は普通だし、メンテナンスに多少難があり、サービスもちょっとたるんでいる。

朝食のとき近くのテーブルで高そうだけどダサい装いの日本女性が二人、どう見てもホスト以外ではありえない若い男を侍《はべ》らせて講釈垂れているのが興醒めだった。ここは一度経験すれば沢山だと思う。

ヴェニスでは憧れのダニエリ。昔のお偉方の邸宅をそのまま生かした華やかな館内は歴史の中にワープできるという点では最高だ。通商国家として繁栄したヴェニスの凋落は今の日本にも重なるが、繁栄の間に蓄積した豊麗な文化こそが、貴重な観光資源として今のヴェニスを支えているのだと、改めて文化を大切にする意味を思った。

ミラノのブルガリは宝飾の一流ブランドがホテル業にも進出した新興ホテルだが、流石の美意識で貫かれた冴え冴えとモダンなインテリアは鮮烈で、居住性も今回随一。ベトナムの狐穴で私を励ました星の輝きがここにはある。長年の名声にあぐらをかいた感じのリッツやダニエリにはない若々しい意気込みに溢れ、お洒落な制服の従業員がシャキシャキと機敏で、実に楽しげに働いているのも快い。私もスッと背筋が伸び、久しぶりにドレスアップの意欲が沸き立った。

37

本こそが私の魔法の絨毯

読書という
世にも贅沢な旅

学校出てから何十年経とうとも、夏はやっぱり夏休みがなければ落ち着かない。それどころか年々猛暑が募《つの》るばかりで、今や日本も立派に熱帯の仲間入りだから、はあはあ喘《あえ》ぎつつ脱出を画策《かくさく》するのだが、避暑地に逃げても暑苦しい人波に迎え撃たれ、涼しくなるのは財布だけである。それで「もう真夏に遠出するのはやめようよ」というオトナの女が増えているようだ。これは取り敢えず賢明な選択だと思う。海や山はお子様たちに明け渡し、知的で優雅なオトナの夏休みを考えてみようではないか。

と言っても別に名案や新案があるわけではなく、私の提案は拍子抜けされるほどありふれた「読書の勧め」なのである。私はいわゆる「人生の糧《かて》」になるような名著良書に通暁《つうぎょう》する読書家ではないが、ともかく子供の頃から、本こそが魔法の絨毯だと信じてきた。

夏休みをまるまる読書に使うなんて、実はこの上もない贅沢なのだ。たかが地球の表面を忙しく右往左往する代わりに、無限の時空間を自由に遊弋《ゆうよく》する世にも贅沢な旅が始まるのだから。

まずはリュックサックを背負い、お気に入りの書店に向かって出発する。ここまでは旅行に出るときも同じだが、その場合は荷物を重くしたくないから文庫か新書に限定し、飛行時間の長さを忘れるよう、ジェフリー・アーチャーとかダン・ブラウンとか読み出したらやめられない長編エンターテインメント小説をバサバサと買い込む。しかし家で読むなら軽い本である必要はないのだし、装丁の美しいハード・カバーを選んで書物の気品も愉しみたいものだ。また、暇を潰《つぶ》すためではなく、豊かな時間をゆったりと愉しむための本が欲しいので、読み捨て用エンターテインメントもお呼びではない。

競争、戦略、成功などなど暑苦しい男性原理一辺倒の経済政治関係は勿論パス。いつまでも甘ったるい女専科の幸福論も、したりげな人生指南も余計なお世話。インスタント・ラーメンみたいなお手軽実用書も優雅な休暇には似合わない。

平台に山積みのベストセラーも冷たく無視。売れない物書きの僻《ひが》みと言わば言え。およそ近頃のベストセラーにはロクなものがない。『バカの壁』の養老《ようろう》孟司《たけし》、『国家の品格』の藤原正彦両先生の著作はかねてから愛読していたが、よりにもよって、いつもとまるで文体が違い（談話や講演をまとめたものらしい）、内容もかなり粗雑なこの二作だけが大ベストセラーになってしまったのには唖然《あぜん》とした。よほど平易な語り口でないと突破できないバカの壁が万里の長城のように出版界を取り囲んでしまったらしい。

それでもこの二冊はまだマシで、一年経ったら誰も覚えていない虚しい本がほとんどだが、それがあざとい仕掛けか、ものの弾みで売れ始めると、売れているということでワッと飛びつく付和雷同《ふわらいどう》人種によってバブル現象が起こるのだ。

またそんなバブルのおこぼれを狙った二番煎《せん》じ本やそっくりタイトル本がまた多く、『国家の品格』をパクってナントカの品格を名乗る品格のない本が続出した。休暇の品格を守るべく、時流におもねた追従本や話題性だけが頼りのキワモノなど、品性の卑しい本は門前払いする。

ソファーのサイドテーブルに積み上げて、いざ、飛び立とう

さて以上の消去法でかなり選択の幅は狭まった。あとは、個人の好みの問題だが、一応ご参考までに私が用意した魔法の絨毯を少しご紹介する。まず必ず何冊か買い込んでしまうのはアンリ・カルティエ・ブレッソン、マン・レイ、エド・ヴァン・デル・エルスケン、アーヴィング・ペンなど大好きな写真家の作品集である。澄明《ちょうめい》な泉のように静まり返ったモノクロの写真をじっと凝視《みつ》めているだけで暑さを忘れる。

スペインのサンチャゴ山間部とか旧ソ連のカザフスタンなどかなり限定され

た地域のディープな料理本や、来世があったらこんな家に住みたいとわくわくする建築やインテリアの本も抗《あらが》い難い。洋書だから辞書をひきひき横文字の解説を読むのが外国語のほどよい勉強にもなる。

外国語と同じくらい古文が苦手で学生時代にたちまち放り出してしまった『更級日記《さらしな》』を昨年五十年ぶりでふと開いたら、あら不思議、するすると実に気持ちよく頭に入って来るではないか。「へえ、ダテに歳とったわけでもないんだ」と気をよくしたので、今年は『花伝書《かでんしょ》』を読んでみようと思う。

小説は岡本かの子を再び。

それから、エンサイクロペディアと渾名《あだな》されるほど博覧強記《はくらんきょうき》の父のもとで育ったせいか、私には博物誌的な書物への偏愛がある。今はライアル・ワトソンにはまっていて、『アフリカの白い呪術師』『水の惑星』『生命潮流《ちょうりゅう》』と読み進み、『風の博物誌』をこの夏の楽しみにとってある。

さあ、いよいよその夏休み。ソファーのサイドテーブルに積み上げた魔法の絨毯たちが、私の魂を抱擁して飛び立つときを待っているのだ。

おわりに　文庫版に寄せて

私は本になるなら文庫本になりたい。

ハードカバーの立派な本もいいけれど、立派な本ほど机などに広げて姿勢を正して読まなければならないし、重くてかさばるから持ち歩きにも適さない。その点、文庫本なら、女性のハンドバッグだって一、二冊は入るし、服によってはポケットにだって押し込める。

だから文庫本になれば、本棚で埃を浴びている重たげなハードカバーを尻目に、あちこちへ自由に旅ができるのだ。こんなに小柄で身軽なのに、中身は重厚なハードカバーに些《いささ》かもひけをとらないというのも、文庫本の誇りである。

乗り物でも旅先でも、本は私の必需品だから、いつもかなりの冊数の文庫本を鞄に詰め込んで行く。読み終えた文庫本を捨てることはないが、そのとき居合わせた家に置き土産にしたりすることは多い。

海外の邦人を訪ねるときの手土産は、海苔と日本茶が定番になっているので、既に有り余っている家が少なくないが、日本語の本や雑誌は必ず大歓迎される。

ともかく本ほど内容豊かな贈り物など他に在りはしないのだ。

二〇一六年一二月

桐島洋子

本書は小社より二〇一〇年一二月に刊行された
『聡明な女たちへ』を改題し、再編集して文庫化したものです。

桐島洋子（きりしま・ようこ）

1937年東京生まれ。文藝春秋に9年間勤務の後、フリーのジャーナリストとして海外各地を放浪。70年に処女作『渚と澪と舵』で作家デビュー。72年『淋しいアメリカ人』で第3回大宅壮一ノンフィクション賞受賞。以来メディアの第一線で活躍するいっぽうで独身のまま3人の子どもを育てる。娘のかれん（モデル）、ノエル（エッセイスト）、息子のローランド（カメラマン）はそれぞれのジャンルで活躍中である。子育てを卒業した50代から林住期（人生の収穫の秋）を宣言してカナダのバンクーバーに家を持ち、1年の3分の1はバンクーバーでの暮らしを楽しんだ。また70代からは自宅で私塾の森羅塾を主宰している。

『聡明な女は料理がうまい』（アノニマ・スタジオ）『50歳からのこだわらない生き方』（だいわ文庫）『ほんとうに70代はおもしろい』（海竜社）『骨董物語』（講談社）『わたしが家族について語るなら』（ポプラ社）『大草原に潮騒が聴える』（文春文庫）など著書多数。公式サイトhttp://www.yoko-kirishima.net

だいわ文庫

50歳《さい》からの聡明《そうめい》な生《い》き方《かた》

しなやかに人生《じんせい》を楽《たの》しむ37章《しょう》

著者　桐島洋子《きりしまようこ》

二〇一七年一月一五日第一刷発行

発行者　佐藤　靖

発行所　大和《だいわ》書房

東京都文京区関口一―三三―四　〒一一二―〇〇一四

電話　〇三―三二〇三―四五一一

フォーマットデザイン　鈴木成一デザイン室

本文デザイン　石間　淳

本文イラスト　宮原葉月

編集協力　加藤真理

本文印刷　シナノ　カバー印刷　山一印刷

製本　ナショナル製本

ISBN978-4-479-30632-0

乱丁本・落丁本はお取り替えいたします。

http://www.daiwashobo.co.jp